मनोरंजक कहानियों से भरपूर

कहावतें

(Interesting Stories to Learn Proverbs)

वी एण्ड एस पब्लिशर्स

प्रकाशक

वी एण्ड एस पब्लिशर्स

F-2/16, अंसारी रोड, दरियागंज, नयी दिल्ली-110002

23240026, 23240027 • फैक्स: 011-23240028

E-mail: info@vspublishers.com • *Website:* www.vspublishers.com

शाखाः हैदराबाद

5-1-707/1, ब्रिज भवन (सेन्ट्रल बैंक ऑफ इण्डिया लेन के पास)

बैंक स्ट्रीट, कोटी, हैदराबाद-500 095

040-24737290

E-mail: vspublishershyd@gmail.com

फ़ॉलो करें:

किसी प्रकार के सम्पर्क हेतु एसएमएस करें: **VSPUB** to **56161**

हमारी सभी पुस्तकें **www.vspublishers.com** पर उपलब्ध हैं

मुद्रक: परम ऑफसेटर्स, ओखला, नयी दिल्ली-110020

अंदर के पृष्ठों में _____

◆✱◆

1

झूठ के पांव नहीं होते

Don't cry wolf once too often

पहाड़ की तराई में स्थित किसी गांव में एक लड़का रहता था। वह बहुत ही शरारती था। वह अपने मित्रों के साथ तरह-तरह की शरारतें करता था तथा उन्हें बेवक़ूफ़ बनाता था। वह उन्हें बनावटी कहानियां सुनाता रहता था। जब उसके मित्र उन कहानियों पर विश्वास कर लेते थे तो वह लड़का उनकी हंसी उड़ाता और कहता, ''अरे मूर्खो! यह एक झूठी कहानी थी।''

ऐसी शरारतें करना उसकी आदत बन गई थी। वह सबसे झूठ बोलता रहता था। यहां तक कि वह अपने माता-पिता से भी झूठ बोलता था। उसके माता-पिता ने उसे सुधारने के कई प्रयत्न किए परंतु उसके कानों में जूं तक नहीं रेंगी। उसके अध्यापकों ने भी उसे कई बार समझाने का प्रयत्न किया परंतु वह नहीं सुधरा।

छुट्टियां शुरू हो गईं। एक दिन उसके माता-पिता ने उससे भेड़ों को बाहर पहाड़ी पर ले जाकर घास चराने के लिए कहा। वह राजी हो गया। उसकी मां ने उसके लिए पोटली में भोजन बांधकर रख दिया। उस पोटली में उस लड़के ने अपनी बांसुरी, गुलेल तथा कंचे आदि रख लिए। जब वह दरवाजा खोलकर भेड़ों को घास चराने के लिए बाहर ले जाने लगा तो उसकी मां ने कहा, ''बेटे, अपना ध्यान रखना। पहाड़ों पर बहुत सारे भेड़िए होते हैं। वे बहुत चतुर होते हैं। कभी-कभी भेड़िए एक झुंड बनाकर आते हैं और

बच्चों तथा भेड़ों को पकड़कर दूर ले भागते हैं। तुम्हें सावधान रहना होगा।'' उस छोटे बच्चे ने अपनी मां से चिंता न करने को कहा और वहां से चल दिया।

फिर उसने अपनी लंबी छड़ी निकाली और तरह-तरह की आवाजें निकालता हुआ उन भेड़ों को पहाड़ों की तरफ़ ले जाने लगा। शीघ्र ही वह उन भेड़ों के साथ हरी-भरी घास से भरपूर एक स्थान पर पहुंच गया। उसने सोचा कि यहां उसकी भेड़ों को भरपूर चारा खाने को मिल जाएगा। यह सोचते हुए वह एक पेड़ के नीचे बैठ गया। उसकी भेड़ें वहां घास चरने लगीं।

दोपहर में उसने अपना भोजन किया। फिर थोड़ी देर के लिए उसने बांसुरी बजाई। थोड़ी देर बाद वह बोर होने लगा। उसे उबासी आने लगी। तत्पश्चात् उसे एक शरारत करने की सूझी। उसके मन में एक विचार आया। उसे थोड़ी दूर पर लकड़हारों का एक समूह दिखाई दिया। वह लड़का तेजी से उनकी तरफ़ भागा और जोर-जोर से चिल्लाने लगा, ''बचाओ! भेड़िया आया! भेड़िया आया! बचाओ! बचाओ!''

वे लकड़हारे अपनी-अपनी कुल्हाड़ियां लेकर उस लड़के की तरफ़ भागे। जब उन्होंने पूछा कि भेड़िया कहां है तो वह लड़का जोर से ठहाके मारता हुआ हंसने लगा और कहा, ''यहां तो कोई भेड़िया नहीं है। मैं तो ऐसे ही मज़ाक कर रहा था, और आप सब लोग बेवक़ूफ़ बन गए।'' इस पर वे लकड़हारे बेहद नाराज़ हुए तथा उस लड़के को कोसते हुए वहां से चले गए।

कुछ दिनों बाद उस लड़के ने कुछ कुम्हारों को उसी जगह मिट्टी खोदते हुए देखा जहां पर वह अपनी भेड़ों को चराता था। उसे फिर से शरारत करने की सूझी। वह चिल्लाया, ''बचाओ! भेड़िया आया! भेड़िया आया! बचाओ! बचाओ!'' कुम्हार अपना सारा काम-काज छोड़कर और अपने हाथों में डंडे तथा फावड़े लहराते हुए उस लड़के की ओर दौड़ पड़े। उस लड़के तक सबसे पहले पहुंचने वाले कुम्हार ने उससे पूछा, ''कहां है भेड़िया?'' लड़के ने उनका उपहास करते हुए कहा, ''भेड़िया! क्या? यहां तो कोई भेड़िया नहीं है। मैंने तो आप सबको बेवक़ूफ़ बनाया है।'' यह कहते हुए वह तालियां बजाकर जोर-जोर से हंसने लगा। कुम्हारों को उसकी बात पर बहुत क्रोध आया तथा उसे खूब अपशब्द कहकर वहां से चले गए।

छोटे लड़के की यह शरारत भरी कहानी पूरे गांव में फैल गई। गांव वालों ने आपस में यह चर्चा की कि वह बहुत ही झूठा है। वह बार-बार बेवजह ही 'भेड़िया आया! भेड़िया आया!' चिल्लाता रहता है और वहां से गुजर रहे लोगों को परेशान करता रहता है।

संयोगवश, एक दिन उस लड़के ने एक भेड़िए को लुक-छिपकर उसकी भेड़ों का शिकार करने के इरादे से उनकी ओर आते हुए देखा। यह देख वह बहुत घबरा गया। उसके पैरों के नीचे से मानो जमीन खिसक गई। उसे अपनी जान का खतरा महसूस होने लगा। उसके हाथ में एक मजबूत लाठी थी पर उसमें उन भेड़ियों का सामना करने का साहस नहीं था। वह घबराकर जोर-जोर से चिल्लाने लगा, ''बचाओ! भेड़िया आया! भेड़िया आया! बचाओ! बचाओ!'' पास के ही कुछ गांववालों ने जब उसकी चीख़ सुनी तो वे उसकी सहायता के लिए उठ खड़े हुए। परंतु उसी समय उन्हें याद आया कि वह लड़का तो झूठा है। उसकी चीख़ सुनकर गांव के मुखिया ने कहा, ''वह फिर से कोई नाटक कर रहा है। इस बार हम उसकी चाल में फंसने वाले नहीं हैं।'' यह कहकर वे गांववाले जंगल के दूसरी ओर चले गए।

उस छोटे लड़के को बीच रास्ते में आते देख उस भेड़िए ने उस पर धावा बोल दिया। वह लड़का अपनी जान बचाने के लिए इधर-उधर जोर से भागने लगा फिर वह जल्दी से पेड़ पर चढ़ गया। उसकी भेड़ें भी अपनी जान बचाने के लिए इधर-उधर भागने लगीं। उस भेड़िए ने एक भेड़ के बच्चे को धर दबोचा और उसे अपने मुंह में दबाकर भाग खड़ा हुआ। कुछ और भेड़िए, जो मौके की तलाश में थे, उन्होंने भी एक-एक भेड़ को धर दबोचा और मुंह में दबाकर वहां से चले गए।

शाम को वह लड़का बहुत दुखी मन से तथा घबराया हुआ घर लौटा। उसकी मां ने भेड़ों की गिनती की। उसमें चार भेड़ें कम निकलीं। यह जानकर उसने अपने बेटे से पूछा, ''कहां हैं बाकी भेड़ें?'' उस लड़के ने रोते हुए बताया, ''उनको भेड़िए उठाकर ले गए। मैं जोर-जोर से सहायता के लिए चिल्लाया। पास के गांववालों ने मेरी चीख़ सुनी भी थी, लेकिन वे मेरी सहायता के लिए नहीं आए।''

इस पर उसकी मां ने जवाब दिया, ''तुम जानते हो कि ऐसा क्यों हुआ? तुम पहले कई बार झूठ-मूठ के ही चिल्लाए थे कि 'भेड़िया आया, भेड़िया आया' और जब तुम्हारी सहायता के लिए कोई आया तो तुमने उसका उपहास किया। इस बार चाहे तुमने सचमुच ही सहायता के लिए उनको पुकारा, परंतु इस बार वे तुम्हारी सहायता के लिए इसलिए नहीं आए, क्योंकि उन्हें लगा कि इस बार भी तुम उनके साथ मज़ाक कर रहे हो। बेवकूफ़ लड़के! तुम्हारे पिताजी को जब यह पता चलेगा कि तुमने उनकी चार भेड़ें खो दी हैं तो वे तुम पर बहुत ही नाराज़ होंगे।''

वह लड़का अपनी मां के चरणों में गिरकर फूट-फूटकर रोने लगा। उसने प्रण किया कि वह भविष्य में कभी भी किसी से झूठ नहीं बोलेगा, क्योंकि वह जान गया था कि झूठ के पांव नहीं होते और झूठ का सहारा लेकर किसी का कभी भी भला नहीं हो सकता।

शिक्षा : *इस कहानी से हमें यह शिक्षा मिलती है कि हमें झूठ नहीं बोलना चाहिए। बात-बात पर झूठ बोलते रहे तो हम बदनाम हो जाएंगे। फिर हमारी बात का कोई विश्वास नहीं करेगा।*

2

वही सच्चा मित्र है जो बुरे वक्त में काम आए

A friend in need is a friend indeed

सुदामा एक गरीब ब्राह्मण था। वह और उसका परिवार अत्यंत गरीबी तथा दुर्दशा का जीवन व्यतीत कर रहा था। कई-कई दिनों तक उसे बहुत थोड़ा खाकर ही गुजारा करना पड़ता था। कई बार तो उसे भूखे पेट भी सोना पड़ता था। सुदामा अपने तथा अपने परिवार की दुर्दशा के लिए स्वयं को दोषी मानता था। उसके मन में कई बार आत्महत्या करने का भी विचार आया। दुखी मन से वह कई बार अपनी पत्नी से भी अपने विचार व्यक्त किया करता था। उसकी पत्नी उसे दिलासा देती रहती थी। उसने सुदामा को एक बार अपने परम मित्र श्रीकृष्ण, जो उस समय द्वारका के राजा हुआ करते थे, की याद दिलाई। बचपन में सुदामा तथा श्रीकृष्ण एक साथ रहते थे तथा सांदीपन मुनि के आश्रम में दोनों ने एक साथ शिक्षा ग्रहण की

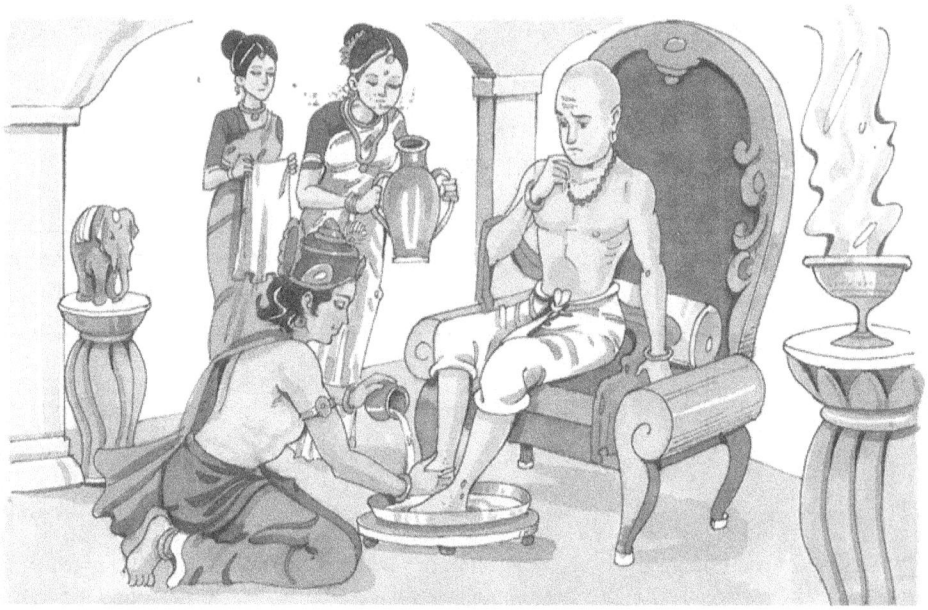

थी। सुदामा की पत्नी ने सुदामा को उनके पास जाने का आग्रह किया और कहा, ''श्रीकृष्ण बहुत दयावान हैं, इसलिए वे हमारी सहायता अवश्य करेंगे।'' सुदामा ने संकोच-भरे स्वर में कहा, ''श्रीकृष्ण एक पराक्रमी राजा हैं और मैं एक गरीब ब्राह्मण हूं। मैं कैसे उनके पास जाकर सहायता मांग सकता हूं?'' उसकी पत्नी ने तुरंत उत्तर दिया, ''तो क्या हुआ? मित्रता में किसी प्रकार का भेद-भाव नहीं होता। आप उनसे अवश्य सहायता मांगें। मुझसे बच्चों की भूख-प्यास नहीं देखी जाती।'' अंततः सुदामा श्रीकृष्ण के पास जाने को राजी

हो गया। उसकी पत्नी पड़ोसियों से थोड़े-से चावल मांगकर ले आई तथा सुदामा को वे चावल अपने मित्र को भेंट करने के लिए दे दिए। सुदामा द्वारका के लिए रवाना हो गया।

महल के द्वार पर पहुंचने पर वहां के पहरेदार ने सुदामा को महल के अंदर जाने से रोक दिया। सुदामा ने कहा कि वह वहां के राजा श्रीकृष्ण का बचपन का मित्र है तथा वह उनके दर्शन किए बिना वहां से नहीं जाएगा।

श्रीकृष्ण के कानों तक भी यह बात पहुंची। उन्होंने जैसे ही सुदामा का नाम सुना, उनकी खुशी का ठिकाना न रहा। वे नंगे पांव ही सुदामा से भेंट करने के लिए दौड़ पड़े। दोनों ने एक-दूसरे को गले से लगा लिया तथा दोनों के नेत्रों से खुशी के आंसू निकल पड़े। श्रीकृष्ण सुदामा को आदर-सत्कार के साथ महल के अंदर ले गए। उन्होंने स्वयं सुदामा के मैले पैरों को धोया। उन्हें अपने ही सिंहासन पर बैठाया। श्रीकृष्ण की पत्नियां भी उन दोनों के आदर-सत्कार में लगी रहीं। दोनों मित्रों ने एक साथ भोजन किया तथा आश्रम में बिताए अपने बचपन के दिनों को याद किया।

भोजन करते समय जब श्रीकृष्ण ने सुदामा से अपने लिए लाए गए उपहार के बारे में पूछा तो सुदामा लज्जित हो गया तथा अपनी मैली-सी पोटली में रखे चावलों को निकालने में संकोच करने लगा। परंतु श्रीकृष्ण ने वह पोटली सुदामा के हाथों से छीन ली तथा उन चावलों को बड़े चाव से खाने लगे।

भोजन के उपरांत श्रीकृष्ण ने सुदामा को अपने ही मुलायम बिस्तर पर सुलाया तथा खुद वहां बैठकर सुदामा के पैर तब तक दबाते रहे जब तक कि उसे नींद नहीं आ गई।

कुछ दिन वहीं ठहर कर सुदामा ने कृष्ण से विदा होने की आज्ञा ली। श्रीकृष्ण ने अपने परिवारजनों के साथ सुदामा को प्रेममय विदाई दी।

इस दौरान सुदामा अपने मित्र को द्वारका आने का सही कारण न बता सका तथा वह बिना अपनी समस्या निवारण के ही वापस अपने घर को लौट गया। उसे समझ नहीं आ रहा था कि वह अपनी पत्नी तथा बच्चों को क्या जवाब देगा, जो उसका बड़ी ही बेसब्री से इंतज़ार कर रहे थे। सुदामा के सामने अपने परिवारीजनों के उदास चेहरे बार-बार आ रहे थे।

परंतु इस बीच श्रीकृष्ण अपना कर्तव्य पूरा कर चुके थे। सुदामा की टूटी झोंपड़ी एक सुंदर एवं विशाल महल में बदल गई थी। उसकी पत्नी तथा बच्चे सुंदर वस्त्र तथा आभूषण धारण किए हुए उसके स्वागत के लिए खड़े थे। श्रीकृष्ण की कृपा से ही वे धनवान बन गए थे। सुदामा को श्रीकृष्ण से किसी प्रकार की सहायता न ले पाने का मलाल भी नहीं रहा। वास्तव में श्रीकृष्ण सुदामा के एक सच्चे मित्र साबित हुए थे, जिन्होंने गरीब सुदामा की बुरे वक्त में सहायता की।

शिक्षा : इस कहानी से हमें यह शिक्षा मिलती है कि हमारे कई मित्र केवल हमारे सुख के ही साथी होते हैं। दुख के समय वे सब हमारा साथ छोड़ देते हैं। लाखों में शायद एक ही मित्र ऐसा होता है जो विपत्ति काल में भी हमारी सहायता करता है। ऐसा मित्र ही हमारा सच्चा मित्र होता है।

3

रिश्वतखोर हमेशा के लिए बिक जाता है

A greased mouth cannot say 'no'

एक किले का सेनापति अपने सैनिकों का नेतृत्व कर रहा था। उसके सैनिकों ने एक किले की घेराबंदी कर ली थी। वे सब चौबीसों घंटे किले की निगरानी कर रहे थे। किले से आंख बचाकर कोई भी नहीं भाग सकता था।

किले के सेनापति ने अपने निकट सहयोगियों से कहा, ''हमारे सैनिकों को भोजन तथा पानी की नितांत आवश्यकता है। उनके पास बहुत थोड़े भोजन और जल की व्यवस्था है, जो अपर्याप्त है। हम शीघ्र ही दुश्मन के हाथों मारे जाएंगे।''

घेराबंदी जारी रही। एक महीना बीत जाने के बाद भी उसके सैनिकों के मन में तनिक भी घबराहट नहीं थी। सेनापति को अपनी जीत पर पूरा भरोसा था।

उसी रात सेनापति पास के शहर में गया। घुड़सवारी करता हुआ वह नगर के परिसर में स्थित एक घर पर पहुंचा। उसने उस घर का दरवाजा खटखटाया। अंदर से आवाज आई, ''कौन है?'' सेनापति ने बाहर से ही अपना परिचय दिया। दरवाजा खुलने पर मेजबान ने बिना किसी उत्साह का प्रदर्शन किए सेनापति को अंदर आने के लिए कहा।

सेनापति ने झट से उसे टोका कि वह उसके आने से खुश नहीं लग रहा है। तब मेजबान ने दबे हुए स्वर में जवाब दिया, ''आप इसकी वजह भली-भांति जानते हैं। एक समय में मैं किले में अधिकारी हुआ करता था। अब मैं सेवा-निवृत्त हो चुका हूं और किले से दूर यहां आकर बस चुका हूं। अगर सैनिकों को यह पता चल गया कि मैं आपसे मिला हूं, तो वे लोग मेरा कत्ल कर देंगे।''

सेनापति ने कहा, ''ठीक है, मैं जरूरत से ज्यादा यहां नहीं ठहरूंगा। जब तुम किले में कार्यरत थे, तब मैंने आर्थिक रूप से कई बार तुम्हारी सहायता की थी। क्या मैंने कभी भी बदले में तुमसे कुछ मांगा? अब तुमसे कुछ मांगने का वक्त आ गया है। मुझे यह बताओ कि क्या किले की ओर जाने के लिए कोई गुप्त रास्ता है?''

मेजबान इस बात का जवाब देने में हिचकिचाने लगा।

इस पर सेनापति ने जोर देकर कहा, ''जल्दी से मुझे बताओ, नहीं तो मैं तुम्हारे अधिकारी के समक्ष गवाह पेश करके यह साबित कर दूंगा कि तुमने मुझसे रिश्वत ली है। यह तुम्हारे जीवन का अंत ही होगा।'' मेजबान ने न चाहते हुए भी सेनापति को गुप्त रास्ते की जानकारी दे दी।

तत्पश्चात् सेनापति वहां से घोड़े में सवार होकर रवाना हो गया। वह मन ही मन विचार करने लगा कि रिश्वतखोर हमेशा के लिए बिक जाता है।''

अगले दिन शाम होते ही सेनापति अपने कुछ सैनिकों के साथ उस सुरंग तक पहुंच गया जिसका पता उसे किले के पूर्व अधिकारी से मिला था। उसने अपने सैनिकों को चुपके से आक्रमण करने का आदेश दिया। किले के अंदर उपस्थित सभी सैनिक आश्चर्यचकित रह गए। अगले ही पल सारे सैनिक किले के अंदर घुस गए तथा किले पर अपना कब्जा जमा लिया। इस प्रकार एक रिश्वतखोर के कारण किला हाथ से जाता रहा।

शिक्षा : *इस कहानी से हमें यह शिक्षा मिलती है कि जिसके मुंह खून लग गया हो, वह उसका स्वाद बार-बार चखने का आदी हो जाता है। जो आदमी पैसों की खातिर खुद को बेंच देता है, वह सदा के लिए दूसरों का गुलाम बनकर रह जाता है।*

4

नीम हकीम, खतरा-ए-जान

A little knowledge is a dangerous thing

रविवार का एक सुहावना दिन था। नौ वर्षीय बालक रोहित ने दोपहर के भोजन के बाद घर के काम-काज में अपनी मां का हाथ बंटाया। यह देखकर रोहित की मां ने रोहित की पीठ थपथपाई तथा खुश होकर दीर्घायु होने का आशीर्वाद दिया और कहा, ''बड़े होकर तुम भी अपने पिताजी की तरह घर के छोटे-मोटे कार्यों में अपना सहयोग दे सकते हो। काश! तुम्हारे पिताजी यहां होते। परंतु वे तो अधिकतर बाहर की यात्रा पर ही रहते हैं। बाथरूम का नल टपक रहा है। नल-मिस्त्री कई बार कहने पर भी ऐसे छोटे-मोटे कार्यों के लिए घर पर नहीं आता।''

इस पर रोहित ने तुरंत कहा, ''यह कार्य मैं कर सकता हूं, मम्मी!'' उसकी मां ने ना में उत्तर दिया तथा सोने के लिए शयन-कक्ष में चली गई।

रोहित ने अपने-आप से कहा, ''नल की मरम्मत करना तो एक आसान-सा कार्य होना चाहिए। मैंने अपने पिताजी को इसकी मरम्मत करते हुए कई बार देखा है।'' वह मरम्मत की प्रक्रिया को याद करने लगा—रिंच को उठाओ। उसे नल की चूड़ी पर कस लो तथा नल को खोल लो। फिर वाशर को बदल लो और फिर नल को वापस कसकर उसी जगह पर फिट कर दो।

उसे यह कार्य बहुत ही आसान लग रहा था। फिर वह दबे-पांव पीछे के बरामदे में रखे शेल्फ़ तक गया और उसमें रखे टूल-बॉक्स को लेकर बाथरूम की ओर दौड़ पड़ा। नल से पानी टपक रहा था। रोहित ने झट से रिंच निकाला। उसे उसने नल में फिट किया तथा अपनी पूरी शक्ति से उसे घुमाने की कोशिश की, लेकिन वह सफल न हो सका। फिर वह सोचने लगा कि इस स्थिति में उसके पिताजी क्या करते। तब उसे याद आया कि उसके पिताजी ऐसी स्थिति में रिंच के दूसरे छोर पर एक भारी ईंट से चोट मारते। रोहित ने भी ऐसा ही किया। दुर्भाग्यवश ऐसा करने से ईंट से उसके अंगूठे पर चोट लग गई। वह दर्द से कराहने लगा। उसने अपने-आप को संभाला तथा सोचने लगा कि यह कार्य तो मुझे करना ही है ताकि मेरी मां खुश हो जाए। उसने फिर से रिंच पर चोट मारी। इस बार वह सफल रहा। नल खुल गया तथा पानी बाहर निकलकर बहने लगा। रोहित पूरा गीला हो गया, पर उसने इसकी परवाह नहीं की, लेकिन रोहित को तब जोर का झटका लगा जब बहते पानी के वेग से नल की टूटी पहले हवा में उछल कर सामने की दीवार से टकराई और फिर लौटकर उसकी नाक में जोर से जा लगी, जिससे उसकी नाक पर चोट लग गई। इस दौरान टूटी जमीन पर गिर गई तथा पानी के साथ बहकर नाली में चली गई।

रोहित इधर-उधर नजर घुमाकर टूटी को ढूंढ़ने लगा। इस बीच पानी का स्तर बढ़ने लगा। उसने जोर लगाकर नाली का ढक्कन खोलने का प्रयास किया, लेकिन वह ऐसा कर न सका। पूरे बाथरूम में पानी भर चुका था। शीघ्र ही उसके पैर घुटने से नीचे तक पानी में डूब चुके थे। अब वह सोच नहीं पा रहा था कि क्या करे, क्या ना करे। उसे कुछ समझ नहीं आ रहा था। फिर उसके दिमाग में एक तरकीब आई। वह नाली का मुंह खोलने के लिए पेंचकस के प्रयोग के बारे में सोचने लगा। ठीक इसी समय उसकी मां दौड़ती हुई आई और उसे जोर से डांट कर पूछा कि वह यह क्या कर बैठा! उसकी मां ने रोहित को कस कर पकड़ा और घसीटकर बाहर की ओर ले गई और कहा, ''तुम्हें इस काम के बारे में क्या जानकारी है?''

रोहित ने रुआंसे स्वर में कहा, ''लेकिन मां, मैंने पिताजी को कई बार ऐसा करते हुए देखा है।''

उसकी मां ने कहा, ''तो क्या हुआ? तुम्हारा ज्ञान तो अधूरा है।'' रोहित की मां ने सबसे पहले मेन वाल्व को बंद किया। फिर किसी तरह से पानी की निकासी में हो रही रुकावट को दूर किया। इस तरह सारा पानी नाली में बह गया।

रोहित की मां ने उसे डांटते हुए कहा, ''देखो, तुमने यह क्या उलटा-पुलटा कर दिया।'' फिर वह उसकी चोटिल नाक तथा अंगूठे को देखकर क्रोधित हो गई तथा उसे डांटते हुए कहा कि उसकी वजह से बाथरूम एक तालाब में तब्दील हो गया था। वह उसको कमरे में ले गई तथा उसके चोटग्रस्त शरीर की मरहम-पट्टी की और साथ ही एक बात को हमेशा याद रखने की हिदायत दी कि किसी चीज का कम ज्ञान होना खतरनाक साबित हो सकता है। इस बात को सदैव याद रखना।''

> ***शिक्षा :*** *इस कहानी से हमें यह शिक्षा मिलती है कि जीवन में सफलता प्राप्त करने के लिए किसी कार्य-विशेष की अच्छी जानकारी होना अत्यंत आवश्यक है। अल्पज्ञ व्यक्ति हमेशा खुद को और दूसरों को हानि पहुंचाता है। इसीलिए तो कहा गया है कि—'नीम हकीम, खतरा-ए-जान'।*

5

जल्दी का काम शैतान का

Haste makes waste

मराठा सैनिकों के प्रमुख शिवाजी मुगलों के साथ युद्ध में पराजित हो गए थे, इसलिए वे अपने निकट सहयोगियों के साथ युद्धभूमि से पलायन कर गए। वे सब जंगल के रास्ते आगे की ओर जाने लगे। काफ़ी दूरी तय करने के बाद वे एक पड़ाव पर पहुंचे। शिवाजी ने अपने सहयोगियों से कहा, ''अगर हम सब एक साथ समूह बनाकर चलेंगे तो हमें पहचान लिया जाएगा, इसलिए हम सबको अलग-अलग रास्तों पर चलना चाहिए। हम सब तीन दिन बाद राजगढ़ किले के समीप वाले पुराने विश्राम-गृह में फिर से एकत्र होंगे।''

शिवाजी के सहयोगियों ने उनकी इस बात का विरोध किया, परंतु शिवाजी ने उनके इस विरोध को नहीं स्वीकारा। वे अकेले ही अपने रास्ते पर चल पड़े। शाम होते-होते वे बहुत थक चुके थे। उन्हें रात्रि के लिए भोजन तथा विश्राम की आवश्यकता थी। दूर कहीं उन्हें एक दीपक जलता हुआ नज़र आया। इसे देख उनकी आशाएं जाग्रत हुईं। वे जल्दी से उस ओर चल पड़े और जल्दी ही एक झोपड़े के पास जा पहुंचे।

उस झोपड़े में एक बूढ़ी महिला आग पर खाना पका रही थी। शिवाजी के कदमों की आहट सुनकर उसने अपना सिर उठाया। उसने एक अनजान व्यक्ति को अपने दरवाजे पर खड़े देखा। बुढ़िया ने उस व्यक्ति से अपना परिचय देने को कहा। शिवाजी ने अपना सही परिचय नहीं दिया क्योंकि उन्हें उसकी ओर से खतरा ही नज़र आ रहा था। शिवाजी ने अपने-आपको एक गरीब मुसाफिर बताया और कहा कि वे बहुत भूखे हैं। वे सुबह से ही पैदल चल रहे हैं। सारे दिन में उन्होंने थोड़े से फल ही खाए हैं। बूढ़ी महिला

ने विनम्र भाव से शिवाजी को बैठने के लिए कहा, और कहा कि वह उनके भोजन के लिए उबाली हुई मकई लेकर आ रही है। उसने अपनी गरीबी के कारण शिवाजी को बढ़िया भोजन खिलाने में असमर्थता जताई।

शिवाजी ने उसका धन्यवाद किया और मुंह-हाथ धोकर खाने के लिए बैठ गए। बूढ़ी महिला ने उनके सामने एक प्लेट रखी तथा गरमा-गरम भोजन परोसा। शिवाजी ने प्लेट से मुट्ठी-भर कर उबली मकई उठानी चाही, लेकिन हाथ में दर्द और खाना गरम होने की वजह से वे कराह उठे तथा जल्दी से मकई वापस प्लेट में रख दी और उसके ठंडा होने का इंतजार किया।

बूढ़ी महिला, जो उन्हें देख रही थी, ने कहा कि वे बिल्कुल महाराज शिवाजी की तरह लगते हैं। शिवाजी ने आश्चर्यचकित होकर पूछा, ''शिवाजी की तरह, क्यों?''

बूढ़ी महिला ने जवाब दिया, ''शिवाजी छोटे किलों को छोड़ बड़े किलों पर कब्जा करने में लगे रहते हैं। वे बेहद जल्दबाजी करते हैं। वे नहीं जानते कि उन्हें चरणबद्ध तरीके से पहले छोटे किलों पर कब्जा करना चाहिए तथा बाद में बड़े किलों पर कब्जा करना चाहिए। जल्दबाजी में नुकसान उठाना पड़ता है। इससे मुसीबतों का सामना करना पड़ता है। तुमने भी जल्दबाजी की। गरम परोसा खाना पहले किनारों पर ठंडा होता है और बाद में मध्य से ठंडा होता है। तुमने किनारे से खाना उठाने की बजाय बीच में से खाना उठाया, इसलिए तुम्हारी उंगलियां जल गईं।''

शिवाजी को उस बूढ़ी महिला से एक बहुत बड़ी सीख मिल गई थी। उन्होंने आराम से भोजन किया तथा तब तक रुके रहे जब तक कि उस बूढ़ी महिला ने भी भोजन नहीं कर लिया। शिवाजी ने बरतनों को धोने में भी उस महिला का हाथ बंटाया। उसके बाद उस महिला ने शिवाजी के सोने के लिए जमीन पर चटाई बिछा दी। रातभर चटाई पर लेट कर शिवाजी ने अपनी थकान दूर की।

अगले दिन शिवाजी ने उस बूढ़ी महिला के घर से विदाई ली और कहा, ''मैं आपको विश्वास दिलाता हूं कि आज से मैं किसी भी कार्य में जल्दबाजी नहीं करूंगा। मैं जानता हूं कि जल्दबाजी करने से कोई भी मुश्किल में पड़ सकता है। यह सबक सिखाने के लिए मैं आपका धन्यवाद करता हूं।''

उस बूढ़ी महिला ने खुश होकर कहा, ''अच्छी बात है। मैं आशा करती हूं कि शिवाजी भी यह सबक सीखें। काश! मैं शिवाजी को संपूर्ण साम्राज्य पर अधिकार स्थापित करते हुए देख सकूं।''

शिवाजी ने तुरंत उत्तर दिया, ''शिवाजी को यह सबक मिल चुका है, माताजी।'' यह कहकर शिवाजी उस बूढ़ी महिला के चरणों में गिर गए। बूढ़ी महिला को शिवाजी की यह बात समझ नहीं आ रही थी।

शिवाजी ने कहा, ''माताजी। मैं ही शिवाजी हूं। मुझे आशीर्वाद दीजिए। आपने मुझे जीत की राह दिखा दी है।'' शिवाजी ने उस महिला का दाहिना हाथ उठाया तथा अपने सिर पर रखा। तत्पश्चात् उस महिला ने शिवाजी को विजयी होने का आशीर्वाद दिया। उसके बाद शिवाजी अपनी राह पर चल पड़े।

शिक्षा : *इस कहानी से हमें यह शिक्षा मिलती है कि हमें अपना काम सही तरीके से और धैर्यपूर्वक करना चाहिए। जल्दबाजी में काम बनते नहीं, अपितु बिगड़ते ही हैं। धैर्यपूर्वक कार्य करने से हमारे सफल होने के अवसर अधिक हो जाते हैं।*

6

कानून सबके लिए एक समान होता है

All are equal in the eyes of the law

शहंशाह जहांगीर ने अपने महल के प्रवेश-द्वार पर एक घंटा लगवा दिया था और पूरे नगर में घोषणा करवा दी थी कि यदि किसी को किसी भी प्रकार की कोई शिकायत हो तो वह महल के प्रवेश-द्वार पर लगे घंटे को बजा सकता है। शहंशाह उनकी पुकार सुनेंगे और न्याय करेंगे।

यह खबर नगर में अच्छी तरह प्रचारित हो गई, कई लोग अपनी शिकायतें लेकर शहंशाह के दरबार में जाने लगे।

एक दिन शहंशाह जहांगीर की पत्नी नूरजहां धनुर्विद्या का अभ्यास कर रही थी। उसने कुछ चुने हुए निशानों पर अपने तीर चलाए। लौटने से पहले उसने एक तीर हवा में चलाते हुए नदी की तरफ फेंका जो वहीं कहीं नज़दीक जाकर गिरा। फिर वह अपने घर की ओर लौट गई।

कुछ देर पश्चात् किसी ने दरबार का घंटा बजाया। दरबार के पहरेदार ने एक धोबन को देखा जो सिसक-सिसक कर रो रही थी। उसके हाथ में खून से सना हुआ एक तीर था तथा पास में एक मनुष्य का मृत शरीर पड़ा था। वह न्याय की गुहार लगाने लगी। पहरेदार उसे शहंशाह के पास ले गया। उस महिला ने झुककर शहंशाह को सलाम किया। फिर उसने वह तीर नीचे जमीन पर बिछे कालीन पर रखा तथा अपनी

सिसकियों के बीच कहा, ''हुजूर!....किसी ने....मेरे पति को....इस तीर से मार डाला....अब मेरी....और मेरे बच्चों की....परवरिश....कौन करेगा?''

शहंशाह ने वह तीर उठाया। उसमें शाही मुहर लगी हुई थी। महल के ही किसी व्यक्ति ने इस दुखद घटना को अंजाम दिया था। शहंशाह ने पहरेदार को आदेश दिया कि वह पता लगाए कि इस घटना वाले दिन कौन धनुर्विद्या का अभ्यास कर रहा था। पहरेदार तुरंत गया और थोड़ी ही देर बाद वापस लौट आया। वह जवाब देने में हिचकिचाने लगा। शहंशाह ने उससे जोर देकर पूछा तो पहरेदार ने बड़े ही धीमे स्वर में नूरजहां का नाम लिया।

इस पर शहंशाह ने नूरजहां को बुलवाने का आदेश भेजा। शीघ्र ही नूरजहां शहंशाह के समक्ष उपस्थित हुई। शहंशाह ने अपने कमरबंद में से एक छुरा निकाला तथा उस दुखी महिला के सामने रख दिया। तत्पश्चात् शहंशाह ने उस महिला से कहा, ''तुम महारानी की वजह से विधवा हुई हो। तुम मुझे इस छुरे से मार दो। इससे तुम्हें न्याय अवश्य ही मिल जाएगा।''

यह सुनकर वह महिला झेंप गई और ऐसा करने में अपनी असमर्थता जताई।

फिर शहंशाह ने उस महिला को राजकीय कोष में से आर्थिक सहायता प्रदान की। उसने शहंशाह का धन्यवाद किया और महल से चली गई।

इस घटना के उपरांत नूरजहां ने अपनी नाराजगी जाहिर करते हुए शहंशाह से कहा, ''आपने तो एक भयंकर खतरा मोल ले लिया था। अगर वह महिला आपके आदेश का पालन करती तो कितना बड़ा अनर्थ होता!''

इस पर शहंशाह ने कहा, ''मैं चाहे मर जाता परंतु उस महिला के साथ न्याय तो होता। कानून की नज़र में सब बराबर हैं। कृपया इस बात का भविष्य में अवश्य ध्यान रखना।''

शिक्षा : इस कहानी से हमें यह शिक्षा मिलती है कि कानून की नज़रों में कोई भी छोटा या बड़ा नहीं होता। उसकी नज़रों में तो सभी बराबर होते हैं।

7

प्रेम और जंग में सब जायज़ है

All is fair in love and war

महाभारत का युद्ध चल रहा था। भीष्म पितामह कौरवों की सेना का नेतृत्व कर रहे थे। उनके साथ युद्ध में आचार्य द्रोण, दानवीर कर्ण तथा कई अन्य वीर योद्धा थे।

कौरवों की विशाल सेना को देखकर युधिष्ठिर ने श्रीकृष्ण से पूछा, ''हे कृष्ण! इतनी बड़ी सेना को हम युद्ध में कैसे पराजित कर पाएंगे?''

इस पर श्रीकृष्ण ने उनसे पूछा, ''क्या तुम्हें अपने युद्ध-कौशल पर भरोसा नहीं है? तुम भीम तथा अर्जुन जैसे महान योद्धाओं को कैसे कम महत्त्व दे सकते हो?''

युधिष्ठिर ने कहा, ''हे कृष्ण! आप हमारी परम शक्ति हैं।''

श्रीकृष्ण ने पांडवों को भीष्म पितामह के पराक्रम की याद दिलाई और एक युक्ति सुझाई।

श्रीकृष्ण ने कहा, ''राजा द्रुपद का पुत्र शिखंडी एक 'किन्नर' है। हम शिखंडी को कल के युद्ध में सेनापति बनाकर भीष्म पितामह के विरुद्ध खड़ा कर देंगे। भीष्म पितामह शिखंडी से युद्ध नहीं करेंगे। इस स्थिति में वे अपने अस्त्र-शस्त्र नहीं उठाएंगे। इस तरह उन्हें आसानी से पराजित किया जा सकता है।''

श्रीकृष्ण की यह युक्ति काम आ गई। पितामह पराजित हो गए। गुरु द्रोणाचार्य ने सेनापति का कार्य-भार संभाल लिया। उन्होंने कौरव सेना को बड़ी ही निपुणता से संगठित किया। पांडवों को विरोधी सेना से युद्ध करने में बहुत कठिनाइयों का सामना करना पड़ रहा था। उनकी सेना को बहुत क्षति हुई थी।

युधिष्ठिर ने बड़े ही दुखी मन से कहा कि वे युद्ध में कभी नहीं जीत सकेंगे।

यह सुनकर श्रीकृष्ण ने युधिष्ठिर से कहा, ''यह एक कायरतापूर्ण विचार है। हमें जीत की कोई-न-कोई राह अवश्य ही मिल सकती है।''

युधिष्ठिर ने कहा, ''हे कृष्ण! आज्ञा दें। हमें क्या करना चाहिए।''

श्रीकृष्ण ने कहा, ''युधिष्ठिर, तुम 'धर्मपुत्र' हो। सब लोग जानते हैं कि तुम कभी झूठ नहीं बोलते। अगर तुम एक युक्ति करने के लिए सहमत हो जाओ तो हम गुरु द्रोणाचार्य को युद्ध में हरा सकते हैं।''

युधिष्ठिर ने पूछा, ''वह कैसे?''

श्रीकृष्ण ने कहा, ''हे युधिष्ठिर! तुम एक हाथी को पकड़कर लाओ। उस हाथी का नाम द्रोणाचार्य के पुत्र 'अश्वत्थामा' के नाम पर रख दो। फिर उस हाथी का वध करके घोषणा कर दो कि अश्वत्थामा युद्ध में मारा गया है।''

युधिष्ठिर ने इस कथन पर असहमति व्यक्त करते हुए कहा, ''हे कृष्ण! ऐसा करना तो असत्य-भाषण होगा।''

श्रीकृष्ण ने कहा, ''नहीं, यह कदापि असत्य नहीं होगा। तुम यह घोषणा करते हुए 'कुंजर' (हाथी) शब्द को भी अंत में जोड़ दोगे, लेकिन जब तुम 'कुंजर' शब्द की घोषणा करोगे, तब ढोल-नगाड़े इतने जोर से बजाए जाएंगे कि द्रोणाचार्य को केवल शुरू के दो शब्द 'अश्वत्थामा हतोहंता' ही सुनाई पड़ेंगे। अपने पुत्र की मृत्यु के समाचार को सुनकर द्रोणाचार्य युद्ध करना छोड़ देंगे। फिर तुम उन्हें आसानी से युद्ध में पराजित कर सकोगे।''

कुछ देर सोचने के पश्चात युधिष्ठिर ने इस कथन का विरोध किया और कहा कि यह ठीक नहीं है। इस पर श्रीकृष्ण ने तर्क दिया कि 'प्रेम और जंग' में सब जायज़ है।

युधिष्ठिर ने इच्छा न होते हुए भी हामी भर दी। इस युक्ति को अंजाम दिया गया। द्रोणाचार्य का युद्धभूमि में वध कर दिया गया। इस प्रकार पांडवों को अपनी जीत में बाधक बन रहे द्रोणाचार्य जैसे महान योद्धा से मुक्ति मिल गई।

शिक्षा : *इस कहानी से हमें यह शिक्षा मिलती है कि शत्रु को अगर पराजित करना हो तो उसे उसी की चाल से ही मात देनी चाहिए।*

8

दुश्मन का दुश्मन अपना दोस्त होता है

An enemy's enemy is a friend

सन् 1939 में द्वितीय विश्व-युद्ध छिड़ चुका था। हिटलर ने चेकोस्लोवाकिया, पोलैंड और फ्रांस समेत सारे यूरोप को अपने कब्जे में ले लिया था। ब्रिटेन पर भी खतरा मंडरा रहा था। सर विंस्टन चर्चिल ने ब्रिटेन के प्रधानमंत्री पद का कार्यभार संभाला। उन्होंने अपने देश की सैन्य शक्ति को सुदृढ़ बनाया।

अपनी सैन्य शक्ति को सुदृढ़ बनाने के लिए चर्चिल को भारत की सहायता की आवश्यकता थी। भारतीय राष्ट्रवादियों को अपने लोगों के लिए ज्यादा अधिकारों की प्राप्ति का मार्ग प्रशस्त होता दिखाई दे रहा था। उन्होंने ब्रिटिश सरकार से भारत की सैन्य-शक्ति के संचालन में भारतीयों की भागीदारी के लिए अनुरोध किया। उन्होंने कहा कि 'वायसरॉय एक्ज़िक्यूटिव काउंसिल' के एक भारतीय सदस्य को युद्ध-मामलों की जिम्मेदारी सौंप दी जाए। परंतु ब्रिटेन ने उनके इस प्रस्ताव को ठुकरा दिया।

उस समय तक सुभाषचंद्र बोस कोलकाता स्थित अपने घर में से नज़रबंदी से बचकर भाग चुके थे। उन्होंने एक पठान का वेश धारण करके चीन, रूस तथा यूरोप का दौरा किया। यूरोप में उनकी मुलाकात हिटलर से हुई। बाद में उन्हें जापान में रह रहे एक अन्य राष्ट्रवादी रास बिहारी बोस ने अपने यहां आमंत्रित

किया तथा युद्ध-बंदियों को संगठित करने का सुझाव दिया। जापान ने उनके इस कार्य में हर संभव सहायता प्रदान करने का वादा किया।

सुभाषचंद्र बोस ने जापान द्वारा सहायता प्रदान करने का कारण नहीं पूछा। जापान तब 'अक्ष' देशों (ऐक्सिस पावर) के समूह का एक सदस्य था। यूरोप तथा अफ्रीका में स्थित मित्र देशों से जर्मनी तथा इटली युद्ध कर रहे थे। जापान ने एशिया महाद्वीप में अपना मोर्चा बांधा। इस प्रकार, ब्रिटेन का दुश्मन होने के कारण जापान ने ब्रिटिश सरकार के खिलाफ़ लड़ाई में भारत का साथ दिया।

सुभाषचंद्र बोस ने जापान का निमंत्रण स्वीकार कर लिया। उन्होंने 'आजाद हिंद फौज' की स्थापना की। इस संगठन के सैनिकों ने जापानी सैनिकों के साथ कंधे से कंधा मिलाकर युद्ध में उनका साथ दिया। इस प्रकार सुभाषचंद्र बोस 'नेताजी' के नाम से अमर हो गए।

शिक्षा : *इस कहानी से हमें यह शिक्षा मिलती है कि आपातकाल में दुश्मन का दुश्मन भी अपना दोस्त बन जाता है।*

9

सूरत से सीरत का अंदाज़ा नहीं होता

Beauty is only skin deep

शाहजहां के सबसे बड़े बेटे दारा की बेग़म रणदिल थी। दारा उस राज्य का सही उत्तराधिकारी था, परंतु उसकी भावी शासक बनने की सारी आशाएं धूमिल हो गईं, क्योंकि उसके भाई औरंगजेब ने बगावत कर दी थी। दारा इस बगावत को कुचलना चाहता था। दोनों इस बात से अवगत थे कि यह बगावत की जंग उनके अंत का कारण बनेगी।

इस युद्ध में औरंगजेब विजयी रहा। दारा मारा गया। दारा की मौत की खबर जब रणदिल के पास पहुंची तो वह फूट-फूट कर रोने लगी। उसने तो जैसे अपना सब कुछ ही खो दिया था।

आगरा लौटते ही औरंगजेब ने अपने पिता शाहजहां को आगरा किले में बंदी बना लिया तथा सारा राज-पाट अपने अधिकार में कर लिया। औरंगजेब ने सोचा कि सारा राज-पाट तो अब उसका हो ही चुका है, अब रणदिल पर भी अधिकार प्राप्त कर लिया जाए।

औरंगजेब ने अपनी एक दासी द्वारा रणदिल को यह प्रस्ताव भेजा कि वह उसकी बेगम बनकर रहे। दासी ने रणदिल से उसका प्रस्ताव स्वीकार करने के लिए कहा और कहा कि वह जवान तथा सुंदर है और अगर वह औरंगजेब की बेगम बन गई तो उसे ताउम्र ऐश-ओ-आराम की जिन्दगी नसीब होगी, परंतु

रणदिल ने औरंगजेब का यह प्रस्ताव ठुकरा दिया। दासी वापस लौट आई। औरंगजेब को पूरी घटना का वृत्तांत सुनाया।

औरंगजेब ने दासी को फिर से रणदिल के पास जाने का आदेश दिया और उससे यह कहने को कहा कि वे उसके बिना जी नहीं सकते। उसमें एक जादुई आकर्षण है। उसकी आंखें चमकीली हैं। उसका गोरा शरीर बहुत सुंदर है। औरंगजेब उसकी प्रशंसा करने लगा।

औरंगजेब की दासी दोबारा रणदिल के पास गई तथा उसे औरंगजेब का प्रस्ताव स्वीकार करने के लिए कहा। इस पर रणदिल जोर-जोर से हंसने लगी और कहा, ''तुम्हारे राजा कहते हैं कि मेरा चेहरा मेरी तकदीर है। क्या यह सच है? मुझे देखना चाहिए।'' यह कहकर रणदिल ने दासी को रुकने का इशारा किया और वह अपने शयनकक्ष में बने दर्पण की ओर दौड़ पड़ी। वह अपना चेहरा दर्पण के समक्ष निहारने लगी और कहने लगी, ''सचमुच मेरा चेहरा बहुत सुंदर है, लेकिन अब मुझे इस सुंदरता की कोई आवश्यकता नहीं है।'' रणदिल ने एक छुरा उठाया तथा अपने गालों पर उससे जोर-जोर से वार करने लगी। खून से लथपथ वह दासी के पास गई। उसने खून को अपने दुपट्टे से पोंछा तथा उसे उस दासी को देते हुए कहा, ''इस खून से लथपथ दुपट्टे को तुम जाकर अपने राजा औरंगजेब को दे देना और कहना कि अब मेरा चेहरा सुंदर नहीं रहा। यह सुंदर चेहरा सिर्फ़ मेरे प्रिय पति दारा के लिए ही था। इस पर और किसी का अधिकार नहीं है। इसलिए मैंने इसे नष्ट कर दिया है। अब मेरा चेहरा खून से लथपथ है। शीघ्र ही मेरे चेहरे पर दाग-धब्बे बन जाएंगे।''

रणदिल का लहूलुहान चेहरा दासी से देखा न गया। कुछ देर के लिए तो उसकी बोलती ही बंद हो गई। बाद में अपने-आप को किसी तरह संभालते हुए दासी ने रणदिल से कहा, ''आप महान हैं! हे साहसी बेग़मसाहिबा! अगर शहंशाह दारा आज जिंदा होते तो उन्हें आप पर तथा आपकी वफ़ादारी पर नाज़ होता।''

दासी के चले जाने पर रणदिल उसे तब तक देखती रही, जब तक कि दासी आंखों से ओझल नहीं हो गई। फिर वह अपने शयनकक्ष की ओर दुखी मन से लौट गई तथा बिस्तर पर लेटकर रोने लगी। इस प्रकार रणदिल के इस साहसी कारनामे से औरंगजेब असमंजस में पड़ गया तथा जब उसे रणदिल द्वारा भिजवाया गया संदेश मिला कि ''सूरत से सीरत का अंदाज़ा नहीं होता'', तो उसकी आंखें खुली की खुली रह गईं। उसके बाद औरंगजेब ने कभी भी रणदिल को परेशान नहीं किया।

शिक्षा : इस कहानी से हमें यह शिक्षा मिलती है कि हमें किसी के बाह्य आकर्षण को उसकी सुंदरता का पैमाना नहीं मानना चाहिए, अपितु हमें उसके मन की सुंदरता को परखना चाहिए। तभी हम उस व्यक्ति-विशेष की सही तरह से पहचान कर पाएंगे।

10

पहले अपने, फिर पराए

Charity begins at home

किसी शहर में एक व्यापारी रहता था। उसने सही तथा गलत, दोनों तरीकों से काफी धन कमाया था। ज्यादा धन की प्राप्ति होने की वजह से वह दिन-प्रतिदिन और भी लालची होता चला गया। उसकी पत्नी द्वारा घर-खर्चे के लिए धन मांगने पर वह क्रोधित हो जाता था। जब उसकी पत्नी तरह-तरह की मिठाइयां बनाती थी या त्योहारों पर महंगी साड़ियां खरीदकर लाती थी तो वह उसका विरोध करता था।

जब उसके बच्चे किताबें तथा नए कपड़े खरीदने के लिए पैसे मांगते थे तो वह उन्हें जोर से डांट देता और कहता कि पैसे पेड़ पर नहीं उगते। जब उसके भाई, बहन या रिश्तेदार उसके पास आर्थिक सहायता मांगने आते थे तो वह उन्हें भी साफ़ मना कर देता था। वह जितना अमीर होता गया, उतना ही कंजूस भी होता चला गया। उसने अपने घर के रसोइए, नौकरानी तथा माली को भी नौकरी से निकाल दिया और अपनी पत्नी तथा बच्चों से कहा, ''उन्हें कौन पैसे देगा। हम सबको अपने-अपने काम आपस में बांट लेने चाहिए। इससे धन की बर्बादी कम होगी।''

इस पर उसकी पत्नी तथा बच्चों ने उससे पूछा, ''आप इतने सारे धन का क्या करेंगे?'' पर उसने उन्हें जोर से डांटते हुए जवाब दिया, ''मेरी मर्जी। मैं इस धन का जो चाहूंगा वो करूंगा। मैं यह धन कमाता हूं। मैं इसे इकट्ठा करूंगा और इस शहर का सबसे अमीर व्यक्ति बनूंगा। तुम सब देखते जाओ।''

उसे उस शहर का सबसे अमीर व्यक्ति बनने में कई वर्ष लग गए, परंतु उस शहर में किसी भी व्यक्ति के साथ उसके मधुर संबंध नहीं थे। उसे मक्खीचूस कहकर सब लोग उसका मज़ाक उड़ाते थे।

अपनी खोई हुई प्रतिष्ठा को वापस पाने के लिए वह अपने परिवार के एक वरिष्ठ सदस्य के पास परामर्श लेने के लिए गया। उसने उस व्यक्ति से पूछा, "क्या मैं एक धर्मार्थ अस्पताल का निर्माण करवाऊं? या गरीब बच्चों के लिए पाठशाला बनवाऊं? या फिर गरीबों के लिए घरों का निर्माण करवाऊं?"

उस व्यक्ति ने यह बातें सुनकर कहा, "ख्याल बुरा नहीं है। मैं भी इसकी प्रशंसा करता हूं, परंतु इस कार्य में बहुत धन खर्च होगा।"

इस पर व्यापारी ने कहा, "नाम और प्रतिष्ठा वापस पाने के लिए मैं कितना भी धन खर्च करने के लिए तैयार हूं।"

व्यापारी के इस कथन पर उस वरिष्ठ व्यक्ति ने जवाब दिया, "तुम अनजान लोगों की सहायता के बारे में कैसे सोच सकते हो? क्या तुम्हें पहले अपनी पत्नी, बच्चे तथा रिश्तेदारों के बारे में नहीं सोचना चाहिए? क्या तुम्हें अपनी पत्नी तथा बच्चों की दुर्दशा का ज़रा भी ध्यान नहीं है? क्या उनकी भूख-प्यास की ज़रा भी चिंता नहीं है? उनको एक वक्त का खाना भी बड़ी मुश्किल से नसीब होता है। सुनो, पहले अपने परिवारीजनों के प्रति अपने कर्तव्यों का पालन करो, अपने भाई-बहन तथा गरीब रिश्तेदारों की सहायता करो। फिर उसके बाद गरीबों के लिए अस्पताल तथा गरीब बच्चों के लिए स्कूलों का निर्माण करवाने के बारे में विचार करना। परोपकार की शुरुआत घर से ही प्रारंभ होती है।" इन बातों का उस व्यापारी पर बहुत असर हुआ और उसने भविष्य में अपने कमाए हुए धन का सदुपयोग करने की कसम खाई।

शिक्षा : *इस कहानी से हमें यह शिक्षा मिलती है कि पहले हमें अपने घर तथा अपने परिवारीजनों के बारे में सोचना चाहिए। तत्पश्चात् ही दूसरों के बारे में विचार करना चाहिए।*

11

तेते पांव पसारिए, जेती लांबी सौर

Don't bite more than you can chew

आसमान में बादल मंडरा रहे थे। एक मेढक पानी से भरे गड्ढे के समीप बैठा जोर-जोर से टर्रा रहा था। वह स्वयं पर बहुत इतरा रहा था। वह कह रहा था, ''मैं बहुत अच्छा गाता हूं। मैं बहुत चतुर हूं। मेरी आंखें प्यारी तथा बड़ी-बड़ी हैं। मैं जोर से छलांग लगाकर एक साथ कई मक्खियों का शिकार कर सकता हूं।'' मेढक अपने-आप को बहुत बड़ा समझता था।

उसी समय उस मेढक ने एक हाथी को वहां से गुजरते देखा। मेढक ने हाथी से कहा, ''ऐ हाथी! रुको। तुम मेरा गाना सुनो। मेरी सुंदर हरी आंखों को देखो। फिर बतलाओ कि क्या तुम मेरे जैसा बढ़िया गा सकते हो? क्या तुम्हारी आंखें भी मेरी तरह हरी हो सकती हैं?''

उसी समय हाथी को एक मक्खी ने जोर से काटा था। इसलिए हाथी ने अपना सिर जोर से हिलाया तथा उस मक्खी को भगाया। इस वजह से वह मेढक का गाना नहीं सुन सका। मेढक की बात की उपेक्षा करके हाथी आगे बढ़ गया। इससे मेढक को बहुत क्रोध आया। मेढक बड़बड़ाया, ''यह हाथी खुद को समझता क्या है? हंसना तो दूर की बात है, उसने मेरा गाना सुनकर अपना सिर तक नहीं हिलाया।''

फिर मेढक और जोर से टर्राते हुए कहने लगा, ''ऐ हाथी! मैं संसार का सबसे बड़ा संगीतकार हूं। मुझे कुछ समय पहले ही अन्य मेढकों ने 'संगीत सम्राट' बनाया था। मैं तुम्हारे लिए गाना गाने के लिए तैयार हूं। अभी इसी वक्त। तुम क्या कहते हो?''

इस बार भी हाथी ने मेढक की कही हुई बातों को इस कान से सुनकर दूसरे से निकाल दिया। इस पर मेढक अत्यंत क्रोधित हो उठा। वह सोचने लगा, ''लगता है हाथी को अपने विशाल आकार पर बहुत घमंड है। वह यह नहीं जानता कि अगर मैं चाहूं तो मैं भी, चाहे हाथी से थोड़ा-सा कम ही सही, परंतु अपना आकार बड़ा कर सकता हूं।''

फिर वह अपने अंदर जोर-जोर से सांस भरने लगा। उसने फिर अपनी सांस को रोका और अपने आकार को बढ़ाना शुरू कर दिया। इससे उसकी आंखें फूलकर बाहर की ओर आने लगीं। उसका बदन अब एक फूले हुए गुब्बारे के समान हो गया था। इसके बाद भी वह नहीं रुका। वह सोचने लगा, ''मुझे हार नहीं माननी चाहिए। मुझे इस हाथी को सबक सिखाना चाहिए। वह अपने-आप को क्या समझता है?'' मेढक ने फिर अपने अंदर और सांस भरने का प्रयत्न किया। इस बार हवा उसके सारे शरीर में भर गई। तभी मेढक गुब्बारे की तरह फट गया। इस प्रकार मेढक का दुखद अंत हो गया।

मेढक ने अपने वश से बाहर की बात को अंजाम देना चाहा था, जिसका एक अत्यंत ही दुखद अंत हुआ। उसने अपने पांव अपनी चादर से अधिक फैलाने की कोशिश की थी जिसका परिणाम बहुत ही दुखदायी रहा।

शिक्षा : इस कहानी से हमें यह शिक्षा मिलती है कि हमें अपनी क्षमता के अनुसार ही कार्य करना चाहिए। अपनी क्षमता से अधिक कार्य करने पर हमें नुकसान उठाना पड़ सकता है।

12

सोने का अंडा देने वाली मुर्गी को मत मारो

Don't kill the goose that lays golden eggs

एक किसान ने अपने एक साथी को उसके काम में हाथ बंटाने के एवज में एक छोटी मुर्गी देते हुए कहा, ''इस छोटी मुर्गी को ले लो। मैं तुम्हें अपने घर के आगे घेरा बनाने में मदद करने के लिए इससे ज्यादा और कुछ नहीं दे सकता।''

इस पर उस व्यक्ति ने कहा, ''सिर्फ़ यह छोटी मुर्गी! एक बड़ी मुर्गी भी नहीं! मैंने तुम्हारे साथ छह दिन लगातार तुम्हारे काम में हाथ बंटाया, और तुमने मुझे इनाम में सिर्फ़ यह छोटी मुर्गी ही दी!''

किसान ने उस व्यक्ति से कहा, ''यह छोटी मुर्गी बड़ी होकर तुम्हें धनवान बना देगी, बहुत धनवान। सिर्फ़ तब तक इंतज़ार करो जब तक कि यह अंडे देना शुरू नहीं करती।'' यह कहकर किसान ने उस व्यक्ति को भेज दिया।

वह व्यक्ति उस छोटी मुर्गी को लेकर अपने घर की ओर चला गया। वह सोचने लगा कि एक छोटी-सी मुर्गी उसे कैसे धनवान बना सकती है? किसान ने उसे बेवकूफ़ बनाया है। यह सोचकर वह क्रोधित हो उठा। इस वजह से उसने उस छोटी मुर्गी का ठीक तरह से लालन-पालन भी नहीं किया। उसने उस छोटी मुर्गी को अपनी पत्नी को देते हुए कहा, ''जब यह छोटी मुर्गी बड़ी होगी, तो हम इसका भोजन करेंगे।'' उसकी पत्नी ने भी इस बात पर सहमति जताई तथा उस छोटी मुर्गी को उठाकर घर के पिछवाड़े में छोड़

दिया। उस जगह पर उस छोटी मुर्गी को जो कुछ भी खाने को मिलता वह उसी का भोजन करती। वह कीड़े-मकोड़े तथा दाने खाकर ही गुजारा करती थी। शीघ्र ही वह बड़ी और मोटी-ताजी हो गई।

कुछ वर्षों बाद, एक दिन सुबह के समय उस व्यक्ति की पत्नी ने उस मुर्गी के जोर-जोर से कुड़कुड़ाने की आवाज सुनी। वह दौड़कर उसके पास पहुंची तो उसकी आंखें उसके समीप रखे एक अंडे को देखकर चुंधिया गईं। उस अंडे में एक अनोखी बात थी। वह यह कि वह अंडा सुनहरे रंग का था। उसने उस अंडे को अपने हाथ में पकड़ा। वह आम अंडों से कुछ भारी था। फिर उस अंडे को टटोला। वह अंडा सोने का बना हुआ प्रतीत हुआ। उस अंडे को लेकर वह अपने पति के पास उसे दिखाने ले गई। वह व्यक्ति उस अंडे को लेकर एक सुनार के पास उसकी गुणवत्ता की जांच कराने ले गया। सुनार ने उसकी जांच की और कहा, "यह अंडा तो खरे सोने का है। तुम्हें यह कहां से मिला? क्या तुम इसे बेचना चाहते हो?" यह सुनकर व्यक्ति ने उसे बेचने के लिए हामी भर दी। वह खुशी-खुशी एक नोटों से भरा थैला लेकर अपने घर की ओर लौट गया। घर लौटते समय उसे किसान के द्वारा कहे गए शब्द याद आने लगे कि 'यह छोटी मुर्गी उसे एक दिन धनवान बना देगी'।

मुर्गी हर दिन एक सोने का अंडा देने लगी। उस व्यक्ति ने खूब धन कमाया तथा एक महलनुमा घर बनवाया। वह एक शाही जिंदगी जीने लगा। फिर एक दिन उसके मन में एक विचार आया, "यह मुर्गी रोज-रोज एक ही सोने का अंडा देती है। मैं इतना इंतज़ार नहीं कर सकता। इस मुर्गी के पेट में बहुत सारे सोने के अंडे होंगे। अगर मैं इस मुर्गी को मार देता हूं तो मुझे सारे सोने के अंडे एक साथ ही प्राप्त हो जाएंगे।"

उसने अपनी पत्नी के समक्ष अपना विचार रखा। उसकी पत्नी ने उसके विचार पर सहमति जताई। पत्नी खुशी-खुशी एक चाकू लेकर आई। फिर दोनों अपने घर के पिछवाड़े में गए जहां पर वह मुर्गी थी। उस व्यक्ति ने उस मुर्गी को पकड़ा। मुर्गी ने अपने-आप को पूरा जोर लगाकर छुड़ाने का प्रयास किया, लेकिन उस व्यक्ति ने उसको कस कर पकड़ लिया। फिर उसकी पत्नी ने उसके हाथ में चाकू थमा दिया। उस व्यक्ति ने चाकू से मुर्गी को काट दिया। वह मुर्गी तुरंत मर गई। फिर उस व्यक्ति ने उस मुर्गी का पेट यह सोचकर काटा कि उसे बहुत सारे सोने के अंडे प्राप्त हो जाएंगे, लेकिन उसके पेट में एक भी सोने का अंडा नहीं था। यह देखकर उसे बेहद अफ़सोस हुआ और वह फूट-फूट कर रोने लगा। उसकी पत्नी भी यह देख जोर-जोर से रोने लगी और कहा, "हाय, ये हमने क्या कर डाला? हर रोज सोने का अंडा देने वाली मुर्गी को मार डाला...हम लालची थे। अब हमने अपना सब कुछ गंवा दिया है...। हमने बेहद मूर्खतापूर्ण कार्य किया है...।"

इसीलिए तो कहते हैं कि 'लालच बुरी बला है'।

शिक्षा : *इस कहानी से हमें यह शिक्षा मिलती है कि हमें तत्काल लाभ कमाने के लिए भविष्य को गिरवी नहीं रखना चाहिए। हमें लाभ के लिए उसके पीछे भागना नहीं चाहिए, क्योंकि लाभ कमाने के लालच में हम अपना सब कुछ गंवा देते हैं। एक कथन यहां पर बिल्कुल उपयुक्त बैठता है— आधी छोड़ पूरी को धावे, पूरी मिले न आधी पावे।*

13

हर सुख की एक कीमत होती है

Obey the law or be damned

सृष्टि का सर्वप्रथम मनुष्य आदम था। परमेश्वर ने आदम को 'अदनवाटिका' भेंट स्वरूप प्रदान करते हुए कहा, "यह वाटिका तुम्हारी है, आदम! यहां तुम खुशी-खुशी अपना जीवन व्यतीत कर सकते हो। तुम्हारी सारी आवश्यकताएं यहां पूरी हो जाएंगी।" आदम ने कृतज्ञता प्रकट करते हुए धन्यवाद किया।

परमेश्वर ने आदम को उनके साथ 'अदनवाटिका' की ओर चलने को कहा। उस वाटिका में कई मनभावन दृश्य देखने को मिल रहे थे। झरने से कल-कल बहता हुआ पानी नदी में जा रहा था जो वाटिका की शोभा बढ़ा रहा था। पहाड़ों से नीचे की ओर बहते हुए पानी से वातावरण मानो जैसे संगीतमय हो उठा था। उस वाटिका में बहुत से मनोहारी हरे-भरे पेड़ थे। उन पेड़ों पर कई किस्म के स्वादिष्ट फल लगे हुए थे। परमेश्वर ने एक पेड़ की ओर इशारा करते हुए आदम से कहा, "तुम सभी वृक्षों के फल खा सकते हो लेकिन इस वृक्ष के फल कभी भी मत खाना।"

आदम ने ठंडी सांस ली। उसके विचार से यह एक मामूली-सा त्याग था, क्योंकि उस वाटिका में स्वादिष्ट फल-फूलों से लदे और भी पेड़ थे। वह उनका सेवन कर सकता था, इसलिए उसे उस फल की चिंता करने की कोई आवश्यकता महसूस नहीं हुई। अत: आदम ने परमेश्वर के समक्ष प्रण किया, "हे परमेश्वर! मैं उस पेड़ तक तो क्या, उस पेड़ के आसपास भी नहीं जाऊंगा, जिस पेड़ का फल आपने मुझे खाने के लिए मना किया है।"

परमेश्वर ने आदम के इस प्रण पर खुशी जाहिर की और कहा, ''मुझे आशा है कि तुम अपने इस प्रण का सदैव पालन करोगे।''

कुछ दिनों के ऐश-ओ-आराम के बाद आदम को अपनी जिंदगी बोर-सी लगने लगी। उसने मन-ही-मन परमेश्वर का स्मरण किया और कहा, ''हे परमेश्वर! मैं इस अकेलेपन से बोर हो गया हूं। कृपया मुझे मेरा एक साथी प्रदान कीजिए।'' परमेश्वर ने आदम की प्रार्थना स्वीकार कर ली तथा इस प्रकार 'हव्वा' की उत्पत्ति हुई। इसके बाद आदम और हव्वा आपस में खुशी-खुशी जीवन व्यतीत करने लगे।

एक दिन हव्वा भ्रमण करने के उद्देश्य से बाहर निकली। तभी कहीं से आवाज़ आई, मानो जैसे कोई उसे पुकार रहा हो। हव्वा इधर-उधर देखने लगी। तभी उसे एक पेड़ की शाखा से लटकता हुआ सांप नज़र आया। वह सांप उस फल की तरफ़ इशारा करने लगा जिसे खाने से परमेश्वर ने आदम को मना किया था। वह सांप उस फल की ओर इशारा करता हुआ हव्वा से बोला, ''मुझे समझ नहीं आ रहा है कि तुमने उस पेड़ के फल को अभी तक चखा क्यों नहीं है?''

हव्वा ने जवाब दिया, ''परमेश्वर ने आदम को वह फल खाने से मना किया है, इसलिए मैं भी उस फल को नहीं खा सकती।''

सांप ने उसकी बात सुनकर कहा, ''यह सब फलों में सबसे ज्यादा स्वादिष्ट है, लेकिन अफ़सोस! यह तुम्हारे तथा आदम के लिए नहीं है। यह बेहद दुख की बात है कि परमेश्वर ने तुम दोनों पर इस तरह का प्रतिबंध लगा दिया है।'' यह कहकर उस सांप ने हव्वा के मस्तिष्क में असंतोष का बीज बो दिया।

''ठीक है! मैं आदम से इस फल को चखने के लिए कहूंगी।'' यह कहकर हव्वा आदम की ओर दौड़ पड़ी। जब हव्वा ने आदम से उस फल को चखने के लिए कहा तो आदम ने इसका विरोध किया, ''हम यह कैसे कर सकते हैं? परमेश्वर ने हमें जो यह जीवन प्रदान किया है, उसके लिए हम ईश्वर के प्रति बहुत आभारी हैं। अगर हम उनकी आज्ञा का पालन नहीं करेंगे तो परमेश्वर हमसे नाराज हो जाएगा। वह हमें इस वाटिका से निष्कासित कर देगा।'' इस बात पर हव्वा ने आदम का उपहास करते हुए कहा, ''मैं तो तुम्हें एक साहसी व्यक्ति समझती थी, परंतु तुम तो कायर निकले।''

यह सुनकर आदम क्रोधित हो उठा। हव्वा ने आदम से अपनी दूरी बढ़ा ली। जब-जब आदम को शांति की आवश्यकता महसूस होती थी, तब-तब हव्वा आदम का उपहास करते हुए कहती, ''तुममें साहस की कमी है।'' यह आदम के लिए एक अपमानजनक बात थी। वह सोचने लगा कि कैसे वह अपने-आप को इस अपमान से बचा सकता है।

आखिरकार, उसने वह फल चख ही लिया, इसकी खबर परमेश्वर तक पहुंची। परमेश्वर क्रोधित हो उठा तथा उसने आदम और हव्वा को 'अदनवाटिका' से निष्कासित कर दिया। इस तरह दुख तथा परेशानियों का ऐसा दौर प्रारंभ हुआ कि इसका दुष्परिणाम मानव आज भी भुगत रहा है।

शिक्षा : *इस कहानी से हमें यह शिक्षा मिलती है कि परमेश्वर के नियमों की अवहेलना करने वाला व्यक्ति सदैव परेशानियों से घिरा रहता है।*

14

किसी को खत्म करना हो तो पहले उसे बदनाम करो

Give a dog a bad name and hang it

किसी जंगल में एक पहाड़ी से झरने का पानी कलकल करता हुआ बह रहा था। उसका जल ठंडा, निर्मल एवं स्वच्छ था। पशु-पक्षी नदी का पानी पीकर अपनी प्यास बुझाते थे। कुछ पशु-पक्षी नदी के जल में अठखेलियां कर आनंद का अनुभव करते थे।

उस स्थान पर एक भेड़िया रहता था। एक दिन वह भोजन की तलाश में अपनी गुफा से बाहर आया। भोजन की तलाश में वह पूरे जंगल में घूमता रहा। वह बहुत भूखा था, परंतु उसे कोई भी शिकार प्राप्त नहीं हुआ। अंततः उसने नदी का पानी पीकर ही अपना पेट भरने का निश्चय किया। वह नदी पर गया तथा पानी पीने लगा। तभी उसे पास में खड़ा एक मेमना दिखाई दिया। वह भेड़ का मेमना भी नदी का पानी पी रहा था। भेड़िये ने मन-ही-मन सोचा कि उसकी भूख मिटाने के लिए यह मेमना पर्याप्त रहेगा। उसे एक युक्ति सूझी। वह उस भेड़ के बच्चे पर जोर से चिल्लाया, "अरे गुस्ताख़ मेमने! तुमने नदी का पानी पीकर उसे गंदा कर दिया है।"

बेचारा मेमना उसकी आवाज सुनकर कांपने लगा। उसने अपने चारों ओर देखा। तब उसे एक बड़ा मोटा-सा भेड़िया नज़र आया जिसका मुंह खुला हुआ था और जीभ बाहर निकली हुई थी। यह देख मेमना सोचने लगा कि वह अपने-आप को किस तरह बचाए, लेकिन उसे समझ नहीं आ रहा था कि वह क्या

करे। उसने नदी का पानी पीना छोड़ दिया और विनम्र स्वर में भेड़िए से बोला, ''ऐ महान भेड़िए! मैं नदी का पानी कैसे गंदा कर सकता हूं? मैं तो नीचे खड़ा हूं। नदी का पानी तो तुम्हारी ओर से बहकर मुझ तक पहुंच रहा है।''

इस पर भेड़िया उसे क्रोध-भरी दृष्टि से देखने लगा। मेमने की बातें तर्क-संगत थीं, परंतु भेड़िये ने तर्क को महत्त्व नहीं दिया। उसे तो बहुत जोर की भूख लगी थी। भेड़िए ने मेमने का उपहास करते हुए कहा, ''अरे हां, याद आया। पिछले साल भी जब मैं यहां पानी पीने आया था, तब भी आज ही की तरह पानी गंदा किया था।'' इस पर मेमना बोला—'लेकिन पिछले वर्ष तो मैं पैदा भी नहीं हुआ था।' ''तो क्या हुआ?'' भेड़िया गुर्राया-तुम नहीं थे तो वह तुम्हारी मां रही होगी। ऐसा कहकर वह मेमने पर टूट पड़ा और उसे मारकर खा गया।

शिक्षा : *इस कहानी से हमें यह शिक्षा मिलती है कि बलवान आदमी अपने से निर्बल व्यक्ति पर अधिकार जमाने के लिए कोई न कोई बहाना ढूंढ़ ही लेता है।*

15

दीनबंधु ही ईश्वर का सच्चा सेवक होता है

Good Samaritan: nearest to god

अबु बेन अधम एक महान व्यक्ति थे। वे सबके प्रति दया का भाव रखते थे। उनके विनम्र स्वभाव के कारण लोग उनसे सहायता प्राप्त करने के लिए आते थे। वे किसी याचक को खाली हाथ नहीं लौटाते थे। उनका कोई भी दिन ऐसा नहीं होता था जिस दिन वे किसी दुखी व्यक्ति की सहायता न करते हों।

वे दिनभर लोगों की सहायता करने में लगे रहते थे और आधी रात के उपरांत ही सोते थे तथा सुबह सूरज निकलने से पहले ही उठ जाते थे। उनके पास अपने लिए समय नहीं होता था। उनके पास खुदा की इबादत करने का भी समय नहीं होता था।

एक रात जब वे सोने की तैयारी कर ही रहे थे, तभी उन्होंने एक फरिश्ते को अपने कमरे के चारों तरफ़ घूमते हुए देखा। अबु ने देखा कि उस फरिश्ते के हाथ में एक सूची थी। उन्होंने फरिश्ते से पूछा, ''ऐ फरिश्ते! इस सूची में क्या है?'' फरिश्ते ने मुस्कराते हुए जवाब दिया, ''इस सूची में उन व्यक्तियों के नाम हैं जो ईश्वर से प्रेम करते हैं।'' अबु ने संकोच करते हुए पूछा, ''क्या इसमें मेरा भी नाम है?'' फरिश्ते ने उस सूची को देखा और कहा, ''माफ करना, तुम्हारा नाम इस सूची में नहीं है।'' इस पर अबु उदास हो गए। वे मानव-जाति की निःस्वार्थ सेवा में लगे हुए थे। हर मनुष्य में वे ईश्वर का रूप देखते थे, चाहे वह असहाय हो अथवा दुखी। तब भी उनका नाम उस सूची में नहीं था।

अबु की यह दशा देखकर फरिश्ते ने पूछा, ''क्या तुम इस बात से आहत हुए हो?'' अबु थोड़ा-सा मुस्कराए और बोले, ''हां, मुझे थोड़ा बुरा तो लगा है, परंतु मैं इसके लिए किसी को दोषी नहीं मानता। मेरे पास बहुत काम है करने के लिए। मैं अपने काम में ही अपने ईश्वर को पाता हूं। मेरे पास इबादत करने का भी समय नहीं है।'' यह सुनकर फरिश्ता विनम्रभाव से मुस्कराया और वहां से अदृश्य हो गया।

उस रात अबु को ठीक प्रकार से नींद नहीं आई थी। इसलिए जब वे सुबह उठे तो वे अपने-आप को कुछ थका हुआ महसूस कर रहे थे, लेकिन जब वे जरूरतमंद लोगों की सेवा में लग गए तो वे अपनी सारी थकान भूल गए। उन्होंने सारा दिन दीन-हीन लोगों की सेवा में ही बिताया। शाम के समय भी उनका मार्गदर्शन तथा अपनी-अपनी परेशानियों से निजात पाने के लिए कई लोग उनके समीप बैठे थे। जब वे सोने के लिए शयनकक्ष में गए तो आधी रात बीत चुकी थी। वे अपने बिस्तर पर बैठ गए। वह फरिश्ता फिर से वहां प्रकट हुआ। उसके हाथ में एक अन्य सूची थी। अबु ने उस सूची के विषय में उस फरिश्ते से पूछा। फरिश्ते ने जवाब दिया, ''इस सूची में उनके नाम हैं, जिन्हें ईश्वर प्रेम करते हैं।''

यह सुनकर अबु ने उस फरिश्ते से पूछा, ''क्या इसमें मेरा नाम है?'' फरिश्ते ने उस सूची में नज़र दौड़ाई और कहा, ''बधाई हो!'' अबु आश्चर्यचकित हो गए और पूछा, ''बधाई! किसलिए?'' फरिश्ते ने जवाब दिया, ''तुम्हारा नाम इस सूची में सबसे ऊपर है। तुम जानते हो क्यों?.... क्योंकि तुम एक सर्वश्रेष्ठ दीनबंधु हो। तुम ईश्वर के बहुत निकट हो।''

शिक्षा : इस कहानी से हमें यह शिक्षा मिलती है कि जो मनुष्य दूसरों की निःस्वार्थ भाव से सेवा करता है, वही ईश्वर को सबसे प्रिय होता है।

16

आज को सुधारो, कल की चिंता मत करो

Now is the time to live

एक राजा के महल के समीप ही टूटी-फूटी झोपड़ी में उस राजा के महल में काम करने वाला माली रहता था। वह दिन-रात कड़ी मेहनत करता था। इतनी मेहनत करने के बावजूद उसने कभी उफ़ तक नहीं की। वह हमेशा खुश रहता था।

राजा ने भी कई बार उस माली को प्रसन्न मुद्रा में कार्य करते देखा। उसे देखकर राजा ने सोचा, ''इस व्यक्ति को इतनी खुशी कैसे प्राप्त होती है? उसके पास तो जीवन-यापन हेतु बहुत थोड़े ही साधन हैं। वह रहता भी एक टूटी-फूटी झोपड़ी में है। वह खाता भी दाल-रोटी ही है। फिर भी वह ठीक-ठाक तरीके से रहता है। उसकी आंखों में एक अद्‌भुत चमक है। काश! मैं भी उसकी तरह खुश रह सकूं।''

एक दिन सायंकाल के समय राजा बगीचे में भ्रमण कर रहा था। उसने उस माली को देखा। वह उस दिन का कार्य समाप्त कर अपना सामान बांध रहा था। उसके कपड़े मैले थे। वह ईश्वर का ध्यान करता हुआ उनकी स्तुति कर रहा था। यह देख राजा उसके पास गया। माली ने राजा को देखकर उनसे प्रणाम किया। राजा ने उसको अपने समीप बुलाया और कहा, ''मुझे तुमसे जलन होती है। तुम हमेशा खुश नज़र

आते हो। काश! मैं भी तुम्हारी तरह खुश रह सकूं। तुम्हारे खुश रहने के पीछे क्या राज़ है? क्या तुम अपने विचार मेरे साथ नहीं बांटोगे?''

राजा की बात सुनकर माली बोला, ''हे महाराज! मैं क्यों खुश न रहूं? मुझे तो केवल दो वक्त की रोटी और सोने के लिए थोड़ी-सी जगह की आवश्यकता है। मुझे ईश्वर ने दो हाथ प्रदान किए हैं, जिनसे काम करके मैं अपने जीवन-यापन के लिए पर्याप्त धन कमा सकता हूं। मैं दिन-रात कड़ी मेहनत करता हूं। जब मुझे भूख लगती है तो मैं रूखी-सूखी खाकर भी गुजारा कर लेता हूं। जब मैं सोकर सवेरे उठता हूं तो मैं अपने-आप को तरोताजा तथा शक्ति से परिपूर्ण पाता हूं। मैं अपना कार्य मन लगाकर करता हूं। मैं हर दिन का संपूर्ण रूप से सदुपयोग करने में विश्वास रखता हूं। मेरे लिए वर्तमान का समय ही महत्त्व रखता है। मैं भविष्य की चिंता कतई नहीं करता।''

राजा ने पूछा, ''लेकिन अगर तुम अस्वस्थ हो जाओगे तो तुम क्या करोगे? क्या तुम्हें भविष्य के बारे में भी विचार नहीं करना चाहिए?'' राजा की बातों का माली ने इस प्रकार उत्तर दिया, ''अगर मैं भविष्य के बारे में चिंता करने लग जाऊं तो मेरा मानसिक तथा शारीरिक रूप से नुकसान ही होगा। मेरी भूख खत्म हो जाएगी। मैं अस्वस्थ रहने लगूंगा। फिर मैं काम भी नहीं कर सकूंगा और धन भी नहीं कमा पाऊंगा। अंतत: इस दुर्दशा की वजह से मेरी मृत्यु हो जाएगी। इसलिए, हे राजन्! मैं भविष्य के विषय में क्यों विचार करूं? मेरे लिए वर्तमान का समय ही महत्त्वपूर्ण है। इसके अलावा और कुछ भी मेरे लिए महत्त्वपूर्ण नहीं है।''

''धन्यवाद माली। तुमने मुझे बहुत उपयोगी बातें बताईं।'' यह कहकर राजा वापस अपने महल को लौट गया। उसने प्रण किया कि वह अपनी जीवन-शैली में संपूर्ण बदलाव लाएगा तथा वर्तमान समय का भी उचित से उचित सदुपयोग करेगा।

शिक्षा : *इस कहानी से हमें यह शिक्षा मिलती है कि हमें समय का संपूर्ण सदुपयोग करना चाहिए। भूत और भविष्य के विषय में विचार करके हमें व्यर्थ ही अपना वर्तमान नहीं गंवाना चाहिए।*

17

औरत का गुस्सा खुदा का कहर

Hell hath no fury like a woman spurned

ऐलेक्सी पेट्रोव एक रूसी भारोत्तोलक है। सन् 1995 में रूस के गौंझू शहर में आयोजित विश्व-स्तरीय मुकाबलों के लिए उसे चुना गया, तब उसकी खुशी का ठिकाना न रहा। उसकी महिला-मित्र चिकित्सा-विज्ञान की छात्रा तथा एरोबिक्स की विशेषज्ञा थी। पेट्रोव ने उसको अपनी बांहों में लेकर खुशी की खबर सुनाया और वे दोनों नाचने लगे। नाचते हुए ऐलेक्सी ने उसके कानों में धीरे-से कहा, "प्रिये! मुझे बधाई दो। मुझे भारोत्तोलन के विश्व-स्तरीय मुकाबलों के लिए चुन लिया गया है।"

खबर सुनकर महिला-मित्र बोली, "अरे वाह! बहुत दिनों बाद मुझे एक बहुत अच्छी खबर सुनने को मिली है।" पेट्रोव ने कहा, "मैं विश्वभर में प्रसिद्ध हो जाऊंगा।" तब महिला-मित्र ने कहा, "और मेरा भी नाम तुम्हारे नाम के साथ जुड़ जाएगा।"

क्योंकि वह चाहती थी कि पेट्रोव उससे विवाह का प्रस्ताव रखे। पेट्रोव ने उसके प्रस्ताव को अनदेखा कर दिया और विनम्र भाव से पूछा, "क्या तुम मेरी सफलता की कामना नहीं चाहती?" उसकी महिला-मित्र ने पेट्रोव के साथ नाचना बंद किया तथा दोनों कुर्सी पर बैठकर रूसी शराब पीने लगे और अपने भविष्य की योजनाओं के विषय में विचार-विमर्श करने लगे। पेट्रोव तो अपने खेल के कैरियर तथा ख्याति और सम्मान पाने की बातें करने लगा, जबकि उसकी महिला-मित्र दोनों के विवाह के बारे में सोचकर खुश होने लगी।

पेट्रोव अपने खेल के अभ्यास में पूरी तन्मयता से जुट गया। उसके पास अपनी महिला-मित्र से मिलने का समय ही नहीं बचता था। ऐसा होने पर पेट्रोव की महिला-मित्र ने उससे शिकायत की। इस पर पेट्रोव ने उसे समझाने की कोशिश की और कहने लगा, ''क्या तुम्हें ज्ञात नहीं है कि मुझे भारोत्तोलन में खिताब जीतना है ? इसके लिए मुझे कड़ी मेहनत करनी होती है। शाम होते-होते मैं बिल्कुल थक जाता हूं।''

जब भी उन दोनों की आपस में भेंट होती थी तो वे आपस में बहस करने लग जाते थे। एक दिन गुस्से में आकर पेट्रोव ने अपनी महिला-मित्र से कहा, ''अब हमारे प्रेम-संबंधों का अंत हुआ समझो।'' यह सुनते ही उसकी महिला-मित्र पर तो जैसे बिजली गिर गई हो। वह अत्यंत क्रोधित हो उठी, लेकिन उसने अपने-आप को किसी तरह संभाला और दबी आवाज में कहा, ''लेकिन, मुझे आशा है कि हमारे बीच मित्रता का संबंध जरूर जारी रहेगा।'' यह सुनकर पेट्रोव ने खुश होकर कहा, ''यह हुई न बात!''

पेट्रोव के वहां से चले जाने के बाद उसकी महिला-मित्र ने पेट्रोव के प्रति द्वेषपूर्ण भाव रखते हुए अपने-आप से कहा, ''पेट्रोव, मैं तुम्हें इतनी आसानी से नहीं छोड़ूंगी। तुम देखना मैं क्या करती हूं।''

वे दोनों आपस में अकसर मिलते थे। पेट्रोव से मुलाकात के दौरान उसने कभी भी यह नहीं जताया कि वह उससे बेहद नफरत करती है। वह उसे छेड़ती, उसका मजाक उड़ाती तथा उसके साथ बैठकर रूसी शराब का आनंद उठाती। पेट्रोव के चीन रवाना होने से दो दिन पहले उसकी महिला-मित्र ने उसे खाने की गोलियों से भरी एक शीशी भेंट की और कहा, ''पेट्रोव, तुम तो जानते ही हो कि मैं चिकित्सा-विज्ञान की छात्रा हूं। यह लो खाने की गोलियां। प्रतियोगिता शुरू होने से कुछ देर पहले तुम इनमें से कुछ गोलियां ले लेना। इससे तुम्हें अधिक शक्ति तथा स्फूर्ति मिलेगी।''

पेट्रोव ने उस प्रतियोगिता में तीन इनाम जीते। ये क्षण पेट्रोव के लिए अत्यंत गौरवशाली थे, किंतु यह सब उसके लिए क्षणिक सुख ही साबित हुआ। डॉक्टरी जांच से यह साबित हो गया था कि पेट्रोव ने प्रतियोगिता होने से पूर्व प्रतिबंधित दवाओं का सेवन किया था। इस कारण भविष्य की सभी प्रतियोगिताओं में उसके भाग लेने पर प्रतिबंध लगा दिया गया था। उसने स्वयं को निर्दोष बताया।

इस वजह से पेट्रोव तीव्र वेदना का शिकार हो गया था। अटलांटा ओलंपिक खेलों में पदक जीतने के उसके सारे सपने एकदम चकनाचूर हो गए। फिर कुछ दिन बाद उसके जीवन में अचानक ही एक नया मोड़ आया, जिससे उसे कुछ राहत मिली। हुआ यूं कि उसकी पुरानी महिला-मित्र ने सारी सच्चाई उगल दी। उसने स्वीकार कर लिया कि उसने पेट्रोव को जो गोलियां खाने को दी थीं, वे प्रतिबंधित थीं, और कहा, ''पेट्रोव ने मुझे ठुकराया और मैंने उससे इसका बदला ले लिया।''

पेट्रोव ने ईश्वर का धन्यवाद किया और स्वीकार किया कि ''चोट खाई हुई औरत नागिन के समान होती है।''

शिक्षा : इस कहानी से हमें यह शिक्षा मिलती है कि स्वाभाविक रूप से एक नारी सहनशील, आज्ञापरायण तथा विनम्र होती है, परंतु यह पूर्णत: सत्य नहीं है। उसके इस विनम्र स्वभाव के मुखौटे के पीछे उसका चरित्रबल, उसकी शक्ति तथा मनोबल भी छिपे होते हैं। तिरस्कृत होने पर उसकी ये सारी शक्तियां एक विस्फोटक रूप धारण कर लेती हैं तथा अत्यंत हानिकारक सिद्ध होती हैं।

18

दाढ़ी आ जाने से अक्ल आए, जरूरी नहीं

If the beard were all, a goat might preach

महान् पीटर रूस के बादशाह थे। वे दाढ़ियों के बहुत शौकीन थे। उनकी दाढ़ी बहुत घनी और सुंदर थी। उनके साथ-साथ सभी दरबारियों ने भी दाढ़ियां रखी हुई थीं। यहां तक कि उनके राजनयिकों ने भी दाढ़ियां रखी हुई थीं। यह एक तरीका था, जिससे कोई भी पीटर का प्रिय पात्र बन सकता था।

पीटर के महल में कार्यरत इंग्लैंड के राजदूत हाल ही में सेवानिवृत्त हुए थे। उनके उत्तराधिकारी की लंदन में खोजबीन प्रारंभ हो गई। कई नाम प्रस्तावित किए गए। हर नाम की समीक्षा की गई। आखिरकार पॉनसोबी नामक व्यक्ति का चयन किया गया। कई अंग्रेजों ने उसके चयन पर आशंका जताई। वजह यह थी कि पॉनसोबी मेधावी व होशियार था और हृष्ट-पुष्ट भी था, परंतु वह दाढ़ी नहीं रखता था और यह सभी को ज्ञात था कि रूस के बादशाह को दाढ़ियां बहुत अच्छी लगती थीं।

कई मित्रों ने पॉनसोबी को दाढ़ी बढ़ाने की सलाह दी, लेकिन पॉनसोबी ने उनकी इस सलाह को ठुकराते हुए कहा, ''मैं क्यों अपने गालों और ठोड़ी को दाढ़ी से ढकूं। केवल ज्यूपिटर (रोम के प्रभु) को ही दाढ़ी की आवश्यकता है अपनी पहचान को बरकरार रखने के लिए।''

पॉनसोबी रूस के लिए रवाना हुआ। कुछ सफर उसने समुद्री जहाज से तय किया और बाकी का सफर उसने सड़क से तय किया। इस तरह वह मॉस्को पहुंचा। निर्धारित समय पर वह पीटर के महल में पहुंच गया। उसे पीटर के सामने प्रस्तुत किया गया। पॉनसोबी ने बादशाह को झुककर सलाम किया तथा उसके समीप जाकर अपने कागज़ात सौंपे। पीटर ने उसके हाथ से कागज़ात लिए और फिर पॉनसोबी को ऊपर से नीचे तक ध्यानपूर्वक देखा। उसकी आंखें चमक रही थीं। पीटर ने उसका उपहास करते हुए कहा, ''तो हमारे लिए इंग्लैंड से एक लड़का भेजा गया है।'' यह सुनते ही पूरे महल में मानो सन्नाटा छा गया। उस टिप्पणी का क्या अर्थ था? कुछ दरबारियों को इसका अर्थ समझ आ गया था। पीटर इसलिए क्रोधित थे क्योंकि पॉनसोबी ने दाढ़ी नहीं रखी थी।

पॉनसोबी ने बिना किसी चिढ़न के बादशाह से कहा, ''हे राजन्! मेरे राजा ने आपके लिए शुभकामनाएं भेजी हैं। मुझे यहां अपने राजा के आदेश पर भेजा गया है। मुझे नहीं पता कि आपकी पसंद-नापसंद को जानने के बाद मेरे राजा मुझे यहां भेजते या नहीं।'' यह कहते हुए पॉनसोबी ने पीटर की ओर मुस्कराते हुए देखा। उसकी बातें सुनकर पीटर पॉनसोबी की तरफ़ क्रोधभरी दृष्टि से देखने लगे। उनके सिर पर बल पड़ गए। पॉनसोबी ने धैर्यपूर्वक कहा, ''अगर मेरे राजा को आपकी पसंद-नापसंद का पता होता तो वे आपके महल में एक बकरे को भेज देते।''

शिक्षा : इस कहानी से हमें यह शिक्षा मिलती है कि दाढ़ी से चाहे एक मर्द की पहचान होती हो, परंतु इससे उसकी अक्लमंदी साबित नहीं होती। आदमी के गुणों का अंदाजा उसे देखकर नहीं लगाया जा सकता।

19

'असंभव' कुछ भी नहीं

Impossible is often the untried

रॉजर बैनिस्टर चिकित्सा-विज्ञान का एक मेधावी छात्र था। उसने स्कूल में आयोजित कई खेल प्रतियोगिताओं में भाग लेकर खिताब जीते थे। एक बार वह सोचने लगा ''आज तक किसी भी धावक ने केवल चार मिनट में एक मील की दौड़ पूरी नहीं की है। काश! मैं ऐसा कर सकूं।''

उसने 1947 में एक मील की दौड़ 4 मिनट 30.8 सेकंड में पूरी की थी। उसका यह कीर्तिमान पावो नुरमी नाम के धावक द्वारा बनाए गए रिकॉर्ड से दूर तक मेल नहीं खाता था, जिसने यह दौड़ 4 मिनट 10.4 सेकंड में पूरी की थी। 1945 में जर्मनी के गुंडर हेग ने यह दूरी 4 मिनट 2.6 सेकंड में पूरी की थी।

जब बैनिस्टर ने एक खास मित्र से अपने रिकॉर्ड में सुधार हेतु सलाह ली तो उसने कहा, ''हेग द्वारा स्थापित किए गए रिकॉर्ड में से 1 सेकंड कम करना मुश्किल ही नहीं, असंभव है।'' सफल होने के लिए बैनिस्टर इसका हल नहीं खोज पा रहा था। उसने अपने मित्र से वादा करते हुए कहा, ''मैं पूरी कोशिश करूंगा कि मैं अपनी दौड़ को 4 मिनट से भी कम समय में पूरा करूं। अपने कठिन अभ्यास से मैं यह भली-भांति जान सकूंगा कि क्या यह दौड़ 4 मिनट से भी कम समय में पूरी की जा सकती है या नहीं।''

उसने कई विकल्पों पर विचार किया। उसकी इस योजना में उसका चिकित्सा-विज्ञान का ज्ञान कारगर साबित हुआ। उसने इस बात का भी अध्ययन किया कि किस तरह तेज दौड़ने से उसका शरीर थक जाता था तथा वह अपनी थकान को कैसे दूर कर सकता था?

फिर उसने एक योजना बनाई। उसने निश्चय किया कि दौड़ का अभ्यास करते समय वह अपनी दौड़ की गति को महत्त्व नहीं देगा। वह अपनी दौड़ की दूरी को चार भागों में बांट लेता था। प्रत्येक भाग की दूरी एक मील का चौथाई हिस्सा होती थी। अगर वह प्रत्येक भाग की दूरी दौड़कर 60 सेकंड या उससे कम समय में पूरी करता था तो वह पूरी दौड़ को चार मिनट से भी कम समय में पूरी कर सकता था। बैनिस्टर ने मन लगाकर दौड़ का अभ्यास किया। उसने अपनी दौड़ में काफ़ी सुधार किया। उसके इस प्रदर्शन से उसकी जीतने की आशाएं जाग्रत हुईं।

अंतत: उसकी कठिन परीक्षा का दिन आ ही गया। उसने 'ब्रिटिश ऐमेच्योर ऐथलेटिक एसोसिएशन' द्वारा 6 मई, 1954 को आयोजित दौड़ की प्रतियोगिता में भाग लिया। उसने पहला भाग 57.5 सेकंड में दौड़कर पूरा किया। दूसरा भाग उसने कुछ विलंब से तय किया। उसकी दूरी तय करने में उसे 60.5 सेकंड का समय लगा। तीसरा भाग थोड़ा और विलंब से तय हुआ। उसमें उसे 62.5 सेकंड का समय लगा।

अब बैनिस्टर के पास अंतिम भाग को पूरा करने के लिए केवल 59.5 सेकंड ही शेष रह गए थे। क्या वह यह दौड़ रिकॉर्ड समय से पहले पूरी कर सकता था? वह अपनी पूरी शक्ति तथा सामर्थ्य जुटाकर दौड़ने लगा। उसे शेष 300 गज की दौड़ न समाप्त होती प्रतीत हो रही थी। दौड़ पूरी करते ही वह बेहोश होकर गिर पड़ा। उसने यह दौड़ 3 मिनट 59.4 सेकंड में ही पूरी कर ली थी। इस प्रकार उसने 4 मिनट का पूर्व-स्थापित विश्व रिकॉर्ड भी तोड़ दिया था। उसने आखिरकार यह साबित कर ही दिया कि अगर मनुष्य प्रण कर ले कि उसे यह कार्य पूरा अवश्य ही करना है तो उसके लिए इस संसार में कुछ भी असंभव नहीं है।

शिक्षा : *इस कहानी से हमें यह शिक्षा मिलती है कि इस संसार में कुछ भी असंभव नहीं है। केवल अथक परिश्रम और लगन की आवश्यकता होती है हर कार्य को करने के लिए। जो व्यक्ति हर प्रकार की विपत्तियों का सामना करता हुआ सच्ची लगन से अपने काम को करता रहता है, उसके लिए कुछ भी कठिन या असंभव नहीं है।*

20

अच्छे काम का नतीजा अच्छा ही होता है

Kindness pays

एक दिन किसी जंगल में एक चूहा सुरंगों से गुजरता हुआ दौड़ लगा रहा था। उसके पीछे एक और चूहा दौड़ लगा रहा था। अचानक ही पहले दौड़ रहे चूहे ने मुड़कर देखा कि उसके पीछे वाला चूहा दौड़ते-दौड़ते उसके नज़दीक आ गया है। उसने शॉर्टकट लगाने की सोची। वह तेजी से सुरंग से बाहर की ओर निकल गया तथा एक सोते हुए शेर से जा टकराया। शेर की नींद खराब होने की वजह से शेर क्रोधित हो गया। शेर ने चूहे को अपने पंजों में जकड़ लिया। चूहा छटपटाने लगा तो शेर गुर्राते हुए बोला, ''अरे चूहे! तेरा अंत अब नज़दीक ही है।''

चूहा बहुत घबरा गया। वह शेर से विनती करता हुआ बोला, ''हे जंगल के राजा! मैं माफी चाहता हूं। मुझे माफ कर दो।'' इस पर शेर गुर्राया और बोला, ''मैं तुम्हें माफ क्यों कर दूं? तुमने मेरी नींद में विघ्न डालने की धृष्टता की है। तुम्हें मेरे हाथों मरना ही होगा।''

चूहा और भी घबरा गया। वह बोला, ''हे शेर महाराज! कृपा करके मुझे न मारें। मैं सदैव आपका आभारी रहूंगा। उचित समय आने पर मैं आपका यह ऋण भी चुका दूंगा।'' यह सुनकर शेर जोर-जोर से हंसने लगा और बोला, ''तू मेरी क्या सहायता करेगा! तू तो नन्हा-सा चूहा है। तू मेरी मदद कैसे कर सकता

है?'' बाद में शेर ने चूहे को छोड़ दिया और चेतावनी दी कि भविष्य में अगर उसने उसकी नींद में विघ्न डाला तो वह उसे छोड़ेगा नहीं। चूहे ने शेर का धन्यवाद किया और झट से सुरंगों की तरफ़ भाग खड़ा हुआ।

कुछ दिनों बाद वही शेर एक शिकारी द्वारा बिछाए गए जाल में फंस गया। शेर जोर-जोर से गुर्राने लगा। उसने जाल में से बाहर निकलने की बहुत कोशिश की, परंतु वह हिलने-डुलने में असमर्थ था। भाग्यवश, उसके जोर-जोर से गुर्राने की आवाज उस चूहे के कानों तक पहुंच गई, जिसकी जान शेर ने बख़्श दी थी। वह चूहा झट से उस शेर की तरफ़ भागा। वह शेर के पास पहुंचा और बोला, ''हे शेर महाराज! चिंता मत कीजिए। मैं आपको इस जाल से अभी मुक्त करता हूं।'' चूहा जल्दी-जल्दी जाल को अपने दांतों से कुतरने लगा। दूसरे और चूहे भी उसकी सहायता के लिए आ गए। शीघ्र ही वह जाल कट गया और शेर आजाद हो गया।

शेर बहुत प्रसन्न हुआ। वह चूहे का धन्यवाद करने लगा। इस पर चूहे ने कहा, ''हे जंगल के राजा! मैंने तो केवल अपना कर्तव्य निभाया है। एक बार पहले आपने मेरी जान बख़्श दी थी और आज मैंने आपकी जान बचाकर उसी का बदला चुकाया है।'' शेर बहुत प्रसन्न हुआ और बोला, ''मैं अब जान गया हूं कि अच्छे काम का नतीजा अच्छा ही होता है।''

शिक्षा : *इस कहानी से हमें यह शिक्षा मिलती है कि हमें दूसरों के प्रति सदैव स्नेह तथा उदारता का भाव रखना चाहिए। इससे दूसरे भी हमसे स्नेह तथा उदारता का भाव रखेंगे। कहने का तात्पर्य यह है कि हमें दूसरों के साथ वैसा ही व्यवहार करना चाहिए जैसा कि हम उनसे स्वयं के लिए अपेक्षा रखते हैं।*

21

आवश्यकता आविष्कार की जननी है

Necessity is the mother of invention

सन् 1891 की बात है। शिकागो शहर में व्हाइटकॉम्ब एल. जडसन नामक एक सज्जन रहा करते थे। एक दिन वे सुबह जल्दी उठ गए। वे नहाकर अपने कमरे में गए तथा अलमारी के अंदर से पहनने के कपड़े निकाले। शीशे के सामने खड़े होकर वे कपड़े पहनने लगे तथा एक गाना भी गुनगुनाने लगे। फिर अपने बालों को संवारने लगे। खुद को शीशे के सामने निहारते हुए वे अपने-आप से बोले, ''मैं आज बहुत सुंदर लग रहा हूं।'' फिर वे जूतों की अलमारी की ओर गए और अपने पहने हुए परिधान के हिसाब से जूतों

का चयन करने लगे। एक कुर्सी पर बैठकर वे जूते पहनने लगे और उसमें लगे बटनों को लगाना शुरू किया। पर यह क्या! उन्होंने देखा कि एक जूते का एक बटन नहीं था। वह कहीं खो गया था। इस पर वे बोले, ''मैं वह बटन खोजकर उसमें लगा लूंगा।'' यह कहकर वे बटन को इधर-उधर घर में खोजने लगे। उन्होंने गलीचे के नीचे देखा। अलमारियों को भी ध्यानपूर्वक देखा तथा उनके नीचे भी खोजा। फिर झाड़ू देकर भी खोजने की कोशिश की, परंतु उन्हें कहीं भी वह जूते का बटन नजर नहीं आया।

इस पर जडसन को बहुत क्रोध आया। उन्होंने उस खोए हुए बटन को बहुत कोसा। फिर अपने लिए दूसरे जूतों का चयन किया और बाद में अपनी दिनचर्या में व्यस्त हो गए। जडसन ने अपने-आप से कहा, ''उस जूते के बटन के खोने की वजह से मुझे आज बहुत परेशानी हुई। मैं उसे कभी माफ़ नहीं कर सकता। मैं उन बटनों से छुटकारा पाना चाहता हूं। इसके लिए मुझे और अच्छे विकल्प की आवश्यकता होगी, जिससे कि मैं अपने जूतों को ठीक प्रकार से पहन सकूं।''

घर लौटकर जडसन उन विकल्पों के बारे में विचार करने लगे। उनके मन में कई विचार उत्पन्न हुए। उनमें से एक विकल्प उन्हें पसंद आया। उन्होंने सोचा कि क्यों न एक ऐसा फीता तैयार किया जाए जो कि आसानी से बंद हो सके और खुल सके। ऊपर चढ़ाकर उसे बंद किया जा सके और उलटी दिशा में करने पर उसे खोला जा सके। कई कोशिशों के बाद वे अपने इस प्रयोग में सफल हो गए। उनके आविष्कार का हम आज भी अपनी जिंदगी में भरपूर प्रयोग करते हैं, जिसे हम 'ज़िप' या 'चेन' के नाम से जानते हैं।

शिक्षा : *इस कहानी से हमें यह शिक्षा मिलती है कि हर समस्या का कोई-न-कोई हल अवश्य होता है। अपने दृढ़ निश्चय से व्यक्ति अपनी राह में आई हर समस्या का हल निकाल सकता है। तभी तो कहते हैं—'जहां चाह वहां राह'।*

22

घर का भेदी लंका ढाए

Never a Quisling be

एडॉल्फ हिटलर ने 1930 के दशक में जर्मनी का नेतृत्व किया था। वह जर्मनी को विश्व की सबसे बड़ी ताकत बनाना चाहता था। दूसरे देशों ने हिटलर के इस विचार का कड़ा विरोध किया, परंतु उनमें जर्मनी की सेना का सामना करने का सामर्थ्य नहीं था। कई यूरोपीय देश; जैसे—पोलैंड, चेकोस्लोवाकिया, फ्रांस आदि जर्मनी के हाथों बड़ी आसानी से पराजित हो गए थे।

इस तरह द्वितीय विश्व युद्ध की शुरुआत हुई। शीघ्र ही विश्व के कई राष्ट्र युद्ध की चपेट में आ गए। सारा विश्व दो गुटों में बंट चुका था। एक गुट का नेतृत्व हिटलर तथा अक्ष देशों के हाथों में था। इस गुट के विरोध में एक अन्य गुट का नेतृत्व मित्र राष्ट्रों, अमेरिका तथा ब्रिटेन के हाथों में था।

नॉर्वे को जर्मनी की ओर से धमकी मिली थी। वहां की जनता ने इसका कड़ा विरोध किया। जर्मनी ने सोचा कि क्यों न भीतरी समर्थन को प्राप्त किया जाए। जर्मनी के प्रतिनिधियों ने इस विषय में गहन पूछताछ तथा खोजबीन शुरू की। अंततः उन्हें वह आदमी मिल ही गया जिसकी उन्हें इस काम के लिए तलाश थी। उसका नाम था विडकिन क्वीस्लिंग, जो नार्वे का एक कर्मठ नेता था।

एक जर्मन प्रतिनिधि ने क्वीस्लिंग से किसी गुप्त स्थान पर भेंट की। दोनों ने युद्ध की रणनीति पर बातचीत की। जर्मन प्रतिनिधि ने उससे कहा, ''जर्मनी के समक्ष दुनिया की कोई भी ताकत टिक नहीं सकती। क्या तुमने नहीं देखा कि किस तरह से जर्मनी ने यूरोप के कई राष्ट्रों पर अपना आधिपत्य स्थापित कर लिया है? नॉर्वे ने भी अगर हमारे विरुद्ध जंग छेड़ी तो उसका भी वही हश्र होगा जो दूसरे देशों का हुआ है। मेरी बात मानो और जर्मनी का इस युद्ध में साथ दो।''

जर्मन प्रतिनिधि की बात सुनकर क्वीस्लिंग ने तुरंत उत्तर न देते हुए उस पर विचार करना उचित समझा। फिर उसने जर्मन प्रतिनिधि से प्रश्न किया कि इससे उसे क्या फायदा होगा। क्वीस्लिंग की बात सुनकर जर्मन प्रतिनिधि ने कहा, ''सत्ता! मेरे दोस्त, तुम्हें सत्ता प्राप्त होगी! तुम हिटलर का विश्वास जीत सकते हो। वे तुम्हें नॉर्वे का प्रधानमंत्री नियुक्त कर देंगे। क्या तुम्हारे लिए यह किसी बड़े इनाम से कम है?''

क्वीस्लिंग ने धड़कते दिल से उससे पूछा, ''क्या तुम इसका वादा करते हो?'' प्रतिनिधि ने मुस्कराते हुए इसका जवाब दिया, ''हां, हां, बिल्कुल!'' इसके बाद क्वीस्लिंग हिटलर के हाथों की कठपुतली बन गया। वह समय-समय पर हिटलर के विरोधियों की गतिविधियों की जानकारी देता रहता था। इस वजह से नॉर्वे को हार का मुंह देखना पड़ा था। शीघ्र ही नॉर्वे का पतन हो गया तथा जर्मन सेना नॉर्वे में घुस गई। क्वीस्लिंग ने अपने-आप को तथा अपने देश को बेचकर गद्दारी का सबूत पेश किया था। उसे अपने इस कारनामे की कीमत प्राप्त हो गई। वह नॉर्वे का प्रधानमंत्री तो जरूर बन गया, परंतु साथ-ही-साथ वह हिटलर के हाथों की कठपुतली भी बन गया।

चाहे क्वीस्लिंग ने दुश्मनों की सहायता करके अपना मकसद पूरा कर लिया हो, परंतु यह उसके देश के लिए अत्यंत ही दुर्भाग्य की बात थी कि उसे एक ऐसा गद्दार नेता मिला। उसे जिल्लत भरी मौत नसीब हुई। आज के युग में क्वीस्लिंग का नाम 'विश्वासघाती' शब्द का पर्याय बन चुका है।

शिक्षा : इस कहानी से हमें यह शिक्षा मिलती है कि हमें अपने देश और देशवासियों के प्रति सदैव वफ़ादारी निभानी चाहिए। चंद रुपयों के लालच में खुद को और अपने देशवासियों को बेचना एक जघन्य अपराध के समान है। अत: हमें ऐसा कतई नहीं करना चाहिए।

23

भूखे भजन न होय गोपाला

No army can fight on an empty stomach

फील्ड मार्शल बर्नार्ड लॉ मौंटगोमेरी द्वितीय विश्व युद्ध के एक प्रमुख सैनिक थे। उन्होंने ब्रिटिश सेना का बड़ी ही निपुणता तथा विश्वास के साथ नेतृत्व किया। वे अपने सैनिकों को अच्छा वेतन तथा पारितोषिक प्रदान करते थे। इस वजह से उनके सैनिक उनके प्रति वफ़ादार थे।

नारमंडी के युद्ध में उन्हें अपने मित्र राष्ट्रों का भरपूर सहयोग मिला। उनके सैनिक बड़ी ही तत्परता से लड़े, क्योंकि उन्हें अपने सेनापति के नेतृत्व पर पूर्ण विश्वास था। उनके सैनिक जानते थे कि वे कभी भी उनके साथ कुछ गलत नहीं करेंगे। सैनिकों के लिए वे एक 'हीरो' थे और मौंटगोमेरी के लिए 'हीरो' थे उनके प्रधानमंत्री सर विंस्टन चर्चिल।

उन दोनों के बीच काफ़ी घनिष्ठ संबंध थे। इसके बावजूद उनमें आपस में कुछ मतभेद भी थे। कभी-कभी तो उनमें आपस में बहस भी हुआ करती थी, परंतु इससे उनके संबंधों में कभी भी कटुता उत्पन्न नहीं हुई।

एक बार की बात है। चर्चिल को ज्ञात हुआ कि नारमंडी में युद्ध-संबंधी कई प्रकार के सामान के साथ दो दंत-चिकित्सक कुर्सियां भी शामिल हैं। यह जानकर चर्चिल को आश्चर्य हुआ कि ये तो युद्ध में

उपयोग की वस्तुएं नहीं हैं। फिर इन्हें क्यों भेजा गया है ? वे अपने सचिव की ओर मुड़े और कहा, ''मुझे इस विषय में याद दिलाना। मैं इस बारे में फील्ड मार्शल से बात करूंगा।'' उनके सचिव ने उसे नोट कर लिया।

मौंटगोमेरी ने एक दिन सुबह-सुबह ही चर्चिल से मुलाकात की। उनके हाथों में युद्धनीतियों से संबंधित एक मोटी फाइल थी। चर्चिल के सचिव उन्हें चर्चिल तक ले गए। चर्चिल ने बड़ी गर्मजोशी से फील्ड मार्शल का स्वागत किया। फिर चर्चिल ने अपना सिगार निकाला तथा उसका कश लेने लगे। मौंटगोमेरी ने वह मोटी फाइल चर्चिल को दी। चर्चिल ने उसका गहन अध्ययन किया तथा आपसी विचार-विमर्श किया। अंतत: सभी विषयों पर बातचीत समाप्त हो गई। फिर चर्चिल के सचिव ने अंदर आकर उन्हें याद दिलाया, ''सर, आप दंत-चिकित्सक कुर्सियों के विषय में फील्ड मार्शल से बातचीत करना चाहते थे।'' चर्चिल ने सचिव का धन्यवाद किया। फिर चर्चिल ने थोड़े ऊंचे स्वर में मार्शल से कहा, ''नारमंडी में भेजे गए सामान की सूची में दो दंत-चिकित्सक कुर्सियों का भी जिक्र है। उनकी क्या जरूरत थी ? हमारे पास फालतू धन नहीं है। हमें युद्ध लड़ना है। हमें पाई-पाई का हिसाब रखना है। फिर इस प्रकार के व्यर्थ के व्यय की क्या आवश्यकता आ पड़ी ?'' इस पर मौंटगोमेरी ने उत्तर दिया, ''आपके विचार से हमने इन कुर्सियों पर धन व्यर्थ ही व्यय किया है। मैं आपके इस कथन से कतई सहमत नहीं हूं।'' चर्चिल चुप रहे। मौंटगोमेरी ने फिर कहा, ''प्रधानमंत्री महोदय! मैं यह कहना चाहता हूं कि एक सैनिक, जिसके दांत में दर्द हो, वह मेरे लिए किसी काम का नहीं है। वह युद्ध नहीं कर सकता।'' मौंटगोमेरी के इस कथन से चर्चिल को सारी स्थिति स्पष्ट समझ आ गई तथा उनके चेहरे पर मुस्कान आ गई। चर्चिल ने कहा, ''मुझे इस विषय में पहले ही सोच लेना चाहिए था। कोई भी सैनिक भूखे पेट युद्ध नहीं कर सकता तथा कोई भी सैनिक तब तक युद्ध नहीं कर सकता जब तक कि वह पूर्णतया स्वस्थ न हो।''

शिक्षा : *इस कहानी से हमें यह शिक्षा मिलती है कि कोई भी कार्य तब तक ठीक प्रकार से नहीं किया जा सकता, जब तक कि उस कार्य को करने वाला व्यक्ति पूर्ण रूप से स्वस्थ न हो। जब तक किसी व्यक्ति की आवश्यकताएं पूरी नहीं होंगी, तब तक वह किसी कार्य विशेष को करने में अपना पूर्ण सहयोग नहीं प्रदान कर सकेगा।*

24

सीखने की कोई उम्र नहीं होती

It is never too late to learn

सुकरात एथेंस में रहने वाले दार्शनिकों में से एक थे। कभी-कभी वे गलियों के नुक्कड़ों पर अपने पास युवक-युवतियों को इकट्ठा करते थे और उनसे कई तरह के प्रश्न पूछते थे तथा उनके प्रश्नों का हल खोजने में उनकी सहायता करते थे।

नगर परिषद के सदस्यों को महसूस होने लगा था कि सुकरात युवक-युवतियों को उनका विरोधी बना रहे थे। उन्होंने सुकरात को राजद्रोह के आरोप में बंदी बनाने का आदेश दिया। उन पर राजद्रोह का मुकदमा चला और उन्हें मौत की सजा सुनाई गई। उनकी फांसी का दिन तय किया गया तथा तब तक जेल में रहने का आदेश दिया गया। यह निश्चय किया गया कि फांसी के दिन सुकरात को 'हेमलॉक' नामक जहर का एक प्याला पिलाया जाएगा।

सुकरात के कई मित्र तथा अनुयायी थे। वे सुकरात से जेल में मिलने आते थे तथा घंटों बैठकर उनसे वार्तालाप किया करते थे। सुकरात एक शांत प्रवृत्ति के व्यक्ति थे। जेल में रहकर भी वे इसी तरह शांत भाव से ही अपना समय व्यतीत करते रहे।

फांसी से कुछ दिन पहले जेल के अंदर सुकरात को खिड़की के बाहर से एक संगीतमय धुन सुनाई दी। यह धुन की आवाज बाहर सड़क से आ रही थी जो कि खिड़की से नजर आती थी। सुकरात ने देखा कि एक बूढ़ा व्यक्ति एक पेड़ के सहारे बैठा हुआ गिटार बजा रहा था।

सुकरात ने अपने मित्रों से कहा, ''यह संगीत तो बेहद मधुर है। काश! मैं इस धुन पर गाना सीख पाता। क्या तुम उस गायक को मेरे पास ला सकते हो?'' यह सुनकर उनके मित्रों को बड़ा ही आश्चर्य हुआ। उन्होंने सुकरात से पूछा, ''आप उससे क्यों मिलना चाहते हैं?'' इस पर सुकरात ने जवाब दिया, ''मैं इस धुन को सीखना चाहता हूं। यह अत्यंत ही मनभावन है।''

यह सुनकर सुकरात के एक मित्र ने उनसे कहा, ''क्यों व्यर्थ ही संगीत सीख रहे हो? आप जानते हैं कि आप शीघ्र ही फांसी पर चढ़ने वाले हैं।''

अपने मित्र की यह बात सुनकर सुकरात बोले, ''मुझे यह धुन हर हाल में सीखनी है। फिर कभी मुझे यह धुन सीखने का मौका नहीं मिलेगा। कृपया जल्दी से उस गायक को मेरे पास ले आएं, नहीं तो हम उसे नहीं खोज पाएंगे और मैं कभी भी यह धुन नहीं सीख सकूंगा।''

सुकरात के आग्रह करने पर उनका एक मित्र जेल के अधिकारी के पास गया तथा उसको सुकरात की इच्छा बताई। जेल का अधिकारी सुकरात की बहुत इज्जत करता था। उसने तुरंत एक गार्ड को उस गायक को सुकरात के पास लाने का आदेश दिया। थोड़ी ही देर बाद वह गार्ड उस गायक को सुकरात के पास ले आया। विनम्र वार्तालाप के उपरांत सुकरात ने उस गायक से प्रार्थना की, ''क्या आप मुझे वह धुन सिखाएंगे? यह सुचमुच ही कर्णप्रिय संगीत है।''

यह सुनकर गायक वहीं बैठ गया तथा तरह-तरह की धुनें निकालता रहा। उन्होंने लगभग दो घंटे तक इसका अभ्यास किया। फिर उस गायक ने सुकरात का गाना सुनकर कहा, ''हे आदरणीय महापुरुष! आप भी मेरे जैसा अच्छा गा लेते हैं।''

सुकरात भाव-विभोर हो गए और बोले, ''मैं तुम्हारा धन्यवाद करता हूं। आज को मैं कल से बेहतर जानने लगा हूं। मेरे जीवन के अंत होने तक मैं बहुत कुछ नया सीखना चाहता हूं। सीखने की कोई उम्र नहीं होती। इतना अच्छा संगीत सिखाने के लिए मैं तुम्हारा कोटि-कोटि धन्यवाद करता हूं।'' यह कहकर बाद में सुकरात व उनके मित्रों ने उस गायक को आदरपूर्वक विदा किया।

शिक्षा : *इस कहानी से हमें यह शिक्षा मिलती है कि ज्ञान का भंडार अत्यंत विशाल है। कोई भी व्यक्ति चाहे कितना भी ज्ञानी क्यों न हो, परंतु वह अपने जीवनकाल में कभी भी पूर्ण रूप से ज्ञान प्राप्त नहीं कर सकता। वह हर दिन कुछ-न-कुछ नया देखकर अपना ज्ञान बढ़ाता है। ज्ञान की कोई सीमा नहीं होती।*

25

सच्चा कलाकार हर वस्तु में सौंदर्य देखता है

He who has an art has everywhere a part

नेकचंद भारत के आधुनिक काल के शिला-वाटिका शिल्पकारों में से एक हैं। वे जन्म से ही महान नहीं बने थे। उन्होंने कठिन परिश्रम से ही महानता अर्जित की थी। क्या आप जानते हैं कि उन्होंने किस तरह से प्रसिद्धि पाई?—रद्दी, कूड़ा-करकट आदि बेकार चीजों का इस्तेमाल करके उन्होंने सुंदर तथा मनमोहक आकृतियां बनाकर उन्हें मूर्त रूप प्रदान किया है!

साठ के दशक में वे चंडीगढ़ में उद्यान कृषि-विभाग में कार्यरत थे। उनका वेतन बहुत कम था। इस वेतन से उन्हें सिर्फ दो वक्त की रोटी ही नसीब होती थी। उनके पास जितना था, उतने से ही वे संतुष्ट रहते थे। उनके लिए कर्म ही पूजा थी। वे अपने कार्य को ही सर्वोपरि मानते थे।

भाग्यवश, वे जिस कार्य में संलग्न थे, वह कार्य उनकी रुचि का था। उन्हें निरंतर नए पौधे लगाने का बहुत शौक था। वे बीज बोया करते थे तथा पौधे तैयार होने तक उनकी देखभाल करते थे। इससे उन्हें आनन्द की अनुभूति होती थी। पौधों का बढ़ना, उन पर रंग-बिरंगे फूल लगना तथा हवा के झोंकों से उन पौधों का लहलहाना—ये मनोहारी दृश्य देख नेकचंद का मन प्रफुल्लित हो उठता था।

एक दिन की बात है। बसंत ऋतु का समय था। नेकचंद अपने दैनिक कार्यों के लिए घर से निकल पड़े। उनके हाथ में एक बैग था। वे फुटपाथ पर धीमी गति से चल रहे थे। रास्ते में एक बगीचा पड़ता

था। उस बगीचे में तरह-तरह के फूल खिले थे। नेकचंद को फूल बहुत अच्छे लगते थे। वे गुलाब, गुलदाऊदी तथा डहलिया आदि के फूलों को बड़े चाव से देखते थे तथा उनके रूप-सौंदर्य को निहारते थे। उस दिन वे फूलों को देखने के बाद कुछ ही दूर गए थे कि उन्हें चीनी मिट्टी के बरतनों के टुकड़ों का ढेर नजर आया। वे सड़क के एक तरफ़ पड़े हुए थे। उन पर सूरज की रोशनी सीधी पड़ रही थी, जिसकी वजह से वे चमक रहे थे। नेकचंद यह देख मंत्रमुग्ध हो गए। वे उनकी ओर टकटकी लगाकर देखते रहे। उनकी नज़रें उन पर से हट ही नहीं रही थीं। नेकचंद को ऐसा प्रतीत हो रहा था मानो वे टुकड़े सूरज की रोशनी पड़ने से इंद्रधनुषी रंगों की छटा बिखेर रहे हों।

वहां खड़े-खड़े नेकचंद के मस्तिष्क में कई विचार उत्पन्न होने लगे। वे सोचने लगे, ''क्या इन टुकड़ों का उपयोग ऐसी जगह पर किया जा सकता है, जहां इनके द्वारा प्रदर्शित इंद्रधनुषी रंगों को और अच्छी तरह से दर्शाया जा सके? क्या इन टुकड़ों का कोई ऐसा उपयोग हो सकता है जिससे कि वे कला की दृष्टि से एक अलग मुकाम हासिल कर सकें?'' नेकचंद बड़ी देर तक इस बारे में सोचते रहे। अचानक ही उनके मस्तिष्क में एक सुविचार आया और उनका चेहरा खुशी से खिल उठा। वे उन चीनी मिट्टी के टुकड़ों को अपने बैग में भरने लगे। उन्हें बैग में भरकर नेकचंद एक सुनसान जगह की ओर निकल पड़े। वहां पहुंचकर उन्होंने उन टुकड़ों को एक पत्थर की शिला पर जड़ना शुरू किया। यह एक अत्यंत ही कठिन कार्य था। नेकचंद ने बड़ी सूझ-बूझ से उन टुकड़ों को शिला पर लगाया। वे काफ़ी देर तक उन टुकड़ों को ठीक प्रकार से जमाने की कोशिश करते रहे। अंतत: उन्हें अपने इस कार्य में सफलता मिल ही गई। वे मन-ही-मन मुस्कराने लगे। फिर वे अपने घर को लौट गए।

इस घटना के उपरांत बेकार पड़ी चीजें तथा रद्दी इकट्ठी करना उनका एक शौक बन गया। उन्हें हर बेकार वस्तु में कलात्मकता नज़र आने लगी, फिर चाहे वह जंग खाई हुई स्टील की प्लेटें हों या कंटीली या मुड़ी हुई तारें हों या फिर कांच के टुकड़े हों। वे शहर में स्थित हर कबाड़खाने में जाते तथा अपने उपयोग की वस्तुएं छांटकर लाते। वे सभी छांटी हुई कबाड़ की वस्तुओं को इकट्ठा करते तथा उनका उपयोग अपनी कलाकृतियों को बनाने में करते। धीरे-धीरे उनकी कलाकृतियों ने एक बड़े उद्यान का रूप ले लिया जहां पहले बंजर भूमि हुआ करती थी।

जल्द ही उनकी इस उपलब्धि के विषय में लोगों को पता चलने लगा। लोग उनकी कलाकृतियों को देखने उद्यान में आने लगे तथा उन्हें उनकी इस उपलब्धि पर बधाइयां देने लगे। सरकार ने भी उनकी इस उपलब्धि को सराहा। आज यह उद्यान चंडीगढ़ में स्थित एक दर्शनीय स्थल बन चुका है। यह उद्यान बेकार तथा रद्दी वस्तुओं के उपयोग से बनी कलाकृतियों का जीवंत उदाहरण बन चुका है। एक बार उनकी कला के प्रशंसक एक व्यक्ति ने उनकी कलाकृतियों को देखकर कहा, ''सच्चा कलाकार वही है जो हर वस्तु में सौंदर्य देखता है। नेकचंद भी उन्हीं में से एक हैं।''

शिक्षा : इस कहानी से हमें यह शिक्षा मिलती है कि एक सच्चा कलाकार किसी भी साधारण-सी दिखती वस्तु में सुंदरता प्रदान करने में सक्षम होता है। उसके मन में एक साधारण वस्तु को एक सुंदर एवं मनमोहक रूप देने के नित नए विचार उत्पन्न होते रहते हैं।

26

घमंडी का सिर नीचा

Pride hath its fall

किसी स्थान पर एक बांस का पेड़ था और उसके समीप ही एक जामुन का भी पेड़ था। जामुन का पेड़ बहुत मजबूत था। उसकी शाखाएं चारों ओर फैली हुई थीं। इसके विपरीत बांस का पेड़ पतला-सा तथा लचीला था। जिस दिशा में हवा चलती थी, वह बांस का पेड़ भी उस ओर झुक जाता था।

एक बार जामुन के पेड़ ने रूखे स्वर में बांस के पेड़ से कहा, ''तुम तो बड़े आज्ञाकारी हो। तुम हवा की दिशा तथा गति के अनुसार क्यों हिलते-डुलते रहते हो? तुम भी मेरी तरह शान से सीधे खड़े हुआ करो। तुम हवा से कह दो कि उसकी आज्ञानुसार नहीं चलोगे। कुछ साहस का परिचय दो। इस संसार में बलवानों का ही बोलबाला है।''

जामुन के पेड़ की बातें सुनकर बांस के पेड़ ने चुप रहना ही ठीक समझा।

बांस के पेड़ को चुप देखकर जामुन का पेड़ क्रोधित होकर बोला, ''क्या तुमने मेरी बात नहीं सुनी? तुम मेरी बातों का जवाब क्यों नहीं देते?''

इस पर बांस के पेड़ ने कहा, ''मैं क्या कह सकता हूं? तुम तो मुझसे बहुत अधिक मजबूत हो। मैं तो बहुत कमज़ोर हूं, लेकिन मेरी एक बात ध्यानपूर्वक सुनो। अगर हवा तेज गति से चलने लगी तो यह

नुकसानदायक सिद्ध हो सकती है। अगर हवा बहुत ज्यादा तेज गति से चलने लगे तो उसका सम्मान करना चाहिए। नहीं तो...।''

बांस का पेड़ अपनी बात पूरी नहीं कर सका, तभी जामुन का पेड़ अत्यंत क्रोधित होकर उसकी बात काटकर बोला, ''किसी भी प्रकार की हवा मेरा कुछ नहीं बिगाड़ सकती।''

उस समय चल रही मंद-मंद हवा ने जामुन के पेड़ तथा बांस के पेड़ के बीच चल रहे संवाद को सुन लिया। हवा जामुन के पेड़ से तेज वेग से टकराती हुई आगे निकल गई। कुछ देर उपरांत, अपने में कुछ और शक्ति समेटते हुए हवा ने अपने-आप को और वेगशाली बना लिया। वह हवा एक तूफ़ान में बदल गई। बांस का पेड़ उस तेज हवा के टकराने से लगभग पूरा ही झुक गया था। फिर वही तूफ़ानी हवा जामुन के पेड़ से दोबारा जा टकराई। हवा के टकराने से उस पेड़ को कोई असर नहीं हुआ। वह ज्यों-का-त्यों ही खड़ा रहा। उस तूफ़ानी हवा ने फिर से उस पेड़ की जड़ों पर प्रहार किया। इस वजह से उसकी जड़ें कमजोर हो गईं। उस पेड़ की शाखाओं ने तूफ़ानी हवाओं को रोकने की भरपूर कोशिश की, परंतु तेज हवाओं ने पूरी शक्ति लगाकर उन शाखाओं को पीछे की ओर धकेल दिया। इस प्रकार जामुन का पेड़ अपना संतुलन खो बैठा। उसकी जड़ें कमजोर हो गईं तथा अपना स्थान छोड़ दिया और उसके बाद वह पेड़ धराशायी हो गया।

जामुन के पेड़ का अंत देखकर बांस का पेड़ दुखी मन से सोचने लगा, ''आखिरकार जामुन के पेड़ का अंत हो ही गया। काश! उसने मेरा कहा माना होता और हवा का आदर किया होता, परंतु यह तो घमंडी था। उसे शायद यह नहीं मालूम था कि घमंडी का सिर कैसे नीचा होता है।''

शिक्षा : इस कहानी से हमें यह शिक्षा मिलती है कि अधिक घमंड करने से व्यक्ति का सर्वनाश ही होता है। अहंकार व्यक्ति का सबसे बड़ा शत्रु होता है, अत: व्यक्ति को कभी भी घमंड नहीं करना चाहिए।

27

सबसे भली चुप

Silence is golden

सत्यमूर्ति एक अग्रणी राष्ट्रवादी नेता थे। वे अपनी वाक्पटुता के लिए प्रसिद्ध थे। उनके द्वारा कहे गए शब्दों में तर्क, समझ तथा हाज़िर-जवाबी आदि जैसे गुण झलकते थे। अपने इन्हीं गुणों की वजह से ही वे वाद-विवाद में दूसरों से कहीं बेहतर समझे जाते थे।

एक बार वे भारत की आजादी के विषय को लेकर इंग्लैंड के दौरे पर गए। वे वहां के शीर्ष नेताओं से मिले। उन्होंने वहां के नेताओं से भारत में स्वतंत्र सरकार के शासन की बहाली का निवेदन किया। उन्होंने कई जन-सभाओं को भी संबोधित किया। बहुत-से लोग उनके भाषण सुनने के लिए इकट्ठा होते थे।

जब सत्यमूर्ति एक बार एक जनसभा को संबोधित कर रहे थे, तब एक व्यक्ति ने उनसे एक प्रश्न किया, ''क्या आप जानते हैं कि ब्रिटिश साम्राज्य में कभी भी सूर्यास्त क्यों नहीं होता?'' उसका कहना बिल्कुल सही था, क्योंकि उस समय ब्रिटेन का साम्राज्य दुनिया के चारों कोनों में फैला हुआ था।

सत्यमूर्ति उस तरफ़ बड़े ध्यान से देखने लगे जिस ओर से यह प्रश्न पूछा गया था। प्रश्न पूछने वाले व्यक्ति ने समझा कि उसने यह प्रश्न पूछकर सत्यमूर्ति को दुविधा में डाल दिया है। उसने सोचा कि सत्यमूर्ति इसका युक्तिसंगत उत्तर नहीं दे पाएंगे।

यहां पर वह भूल कर बैठा, क्योंकि सत्यमूर्ति ने उसे उसके प्रश्न का ऐसा जवाब दिया कि वह उसकी कल्पना भी नहीं कर सकता था। उनका जवाब था, ''सूर्य अस्त इसलिए नहीं होता क्योंकि सूर्य को अंधेरे में ब्रिटिश जनता पर विश्वास नहीं है।'' यह जवाब सुनकर वह व्यक्ति अवाक् रह गया। वहां उपस्थित जनसमूह में ठहाके लगने शुरू हो गए। वह व्यक्ति बेहद लज्जित हो गया तथा वहां से भाग खड़ा हुआ। उसने एक सबक सीख लिया था। उसे लगा कि आज वास्तव में उसे कोई सवा-सेर मिला है। कोई उसका भी गुरु निकला है। वह सोचने लगा कि उसे शांत ही रहना चाहिए था क्योंकि चुप रहने में ही भलाई है।

शिक्षा : इस कहानी से हमें यह शिक्षा मिलती है कि व्यक्ति को मितभाषी होना चाहिए। उसे तभी बोलना चाहिए जब आवश्यकता हो। धनुष से निकला हुआ तीर और मुंह से निकली हुई बात कभी वापस नहीं आते। इसीलिए कहा गया है—'पहले तोलो, फिर बोलो'।

28

कल किसने देखा है

The future is not ours to see

2 नवंबर, 1948 का दिन था। संयुक्त राष्ट्र अमेरिका में रहने वाले लोग उस दिन हो रहे राष्ट्रपति चुनावों को लेकर बड़े उत्साहित थे। कौन जीतेगा? हैरी ट्रूमैन या फिर थॉमस डेव? आंकड़ों के अनुसार जीत की संभावनाएं डेव तथा उनकी रिपब्लिकन पार्टी की थीं। कई लोगों की आम राय थी कि ट्रूमैन तथा उनकी डेमोक्रेटिक पार्टी ने बहुत समय तक राज किया है। अब रिपब्लिकन पार्टी के राज करने का समय आ गया है।

वहां की प्रेस के कई दिग्गज सदस्यों ने हालातों का जायजा लिया। कई पत्रकारों का मत था कि डेव की रिपब्लिकन पार्टी ही इन चुनावों में जीत हासिल करेगी, परंतु उन्होंने कोई ठोस भविष्यवाणी नहीं की थी। वे कहने लगे, ''जनता की राय कभी भी बदल सकती है। चुनावों के नतीजों के बारे में ठीक प्रकार से कुछ भी नहीं कहा जा सकता।''

लेकिन एक व्यक्ति डेव और उसकी पार्टी की जीत के प्रति आश्वस्त था। वह व्यक्ति 'द शिकागो टाइम्स' नामक एक दैनिक समाचार-पत्र का संपादक था। चुनावी नतीजे निकलने से पूर्व ही उसने एक लेख भी लिख डाला, जिसमें डेव की पार्टी की जीत का जिक्र था। उसने एक शीर्षक भी तैयार कर लिया था, जिसमें लिखा था, 'डेव ने ट्रूमैन को हराया'।

यह सब देखकर उसके एक सहयोगी ने उससे कहा, ''क्या हमें चुनावी नतीजों के आने तक इंतजार नहीं करना चाहिए? क्या हमें वैकल्पिक शीर्षक और लेख तैयार नहीं करना चाहिए? क्या पता ट्रूमैन इन चुनावों में जीतकर आश्चर्यजनक स्थिति पैदा कर दे?''

अपने सहयोगी की बात सुनकर संपादक उसे आंखें फाड़-फाड़कर देखने लगा। तत्पश्चात् उसने सहयोगी से जोर देकर कहा, ''मुझे पूर्ण विश्वास है कि इस चुनावों में डेव की ही विजय होगी तथा वे भारी बहुमत से विजय प्राप्त करेंगे। मुझे इसके विषय में तनिक भी शंका नहीं है। जहां तक इन चुनावों की बात है, मैं भविष्य को भली-भांति देख रहा हूं''

संपादक द्वारा तैयार की गई सामग्री की प्रूफ-रीडिंग हो चुकी थी तथा शीर्षक एवं लेख भी तैयार हो चुके थे। चुनावी नतीजे थोड़ा-थोड़ा करके आने लगे थे। जनता ने ट्रूमैन के पक्ष में अधिकतर वोट दिए थे। डेव की इस चुनाव में करारी शिकस्त हुई।

'द शिकागो टाइम्स' के संपादक के लिए यह एक कटु अनुभव था। उसने भविष्य को पहले से ही जानने की कोशिश की थी। इसके विपरीत, भविष्य ने ही उसे औंधे मुंह गिरा दिया। उसे मुंह की खानी पड़ी। उसे यह ज्ञात हो गया कि समय तथा परिस्थितियों के विरुद्ध चलने में सभी का नुकसान है।

शिक्षा : *इस कहानी से हमें यह शिक्षा मिलती है कि यह कोई भी नहीं जानता कि भविष्य में कैसी घटनाएं होंगी। भविष्य तो समय के गर्भ में ही छिपा होता है। अत: भविष्य को कोई नहीं जान सकता।*

29

दूर के ढोल सुहावने लगते हैं

The grass looks greener on the other side

रंजन तथा सुमेर आपस में घनिष्ठ मित्र थे। वे दोनों एक ही पाठशाला में एक ही कक्षा में पढ़ते थे। रंजन शरीर से हृष्ट-पुष्ट नहीं था। वह कमजोर था। उसे हॉकी, फुटबॉल आदि खेलों में कोई रुचि नहीं थी। वह केवल सुमेर तथा अन्य बच्चों को खेलता हुआ देखता रहता था। रंजन बच्चों के साथ खुले मैदानों में जाया करता था। बाकी बच्चे मैदान में खेलने दौड़ पड़ते थे, परंतु रंजन किसी पेड़ की छांव में बैठ जाता था या किसी पेड़ की टहनी पर पेट के बल लेटकर कहानियों की पुस्तकें या फिर बच्चों की पत्रिकाएं पढ़ता रहता था। पुस्तकें उसको अत्यधिक प्रिय थीं। वे उसे ज्ञान प्रदान करती थीं। वह एक मेधावी छात्र था। अपनी कक्षा में वह सदैव अव्वल अंकों से पास होता था।

सुमेर शरीर से हृष्ट-पुष्ट था। उसका कद ऊंचा था तथा वह एक फुर्तीला लड़का था। वह अपना काफ़ी समय दौड़-भाग, तैराकी, साइकिल चलाना तथा अन्य प्रकार के खेल-कूद आदि में व्यतीत करता था। हर प्रकार के खेल-कूद में वह निपुण था। पाठशाला के प्रधानाध्यापक ने सुमेर को पाठशाला की फुटबॉल तथा क्रिकेट टीमों का सदस्य भी नियुक्त किया हुआ था। कुछ समय पश्चात वह क्रिकेट टीम का कप्तान भी नियुक्त हो गया। प्रदेश के चयनकर्ताओं ने जब सुमेर का प्रदर्शन देखा तो उन्हें बड़ा आश्चर्य हुआ। उनका विचार था कि सुमेर एक दिन अपने प्रदर्शन से अपने देश का नाम अवश्य ही रोशन करेगा।

एक दिन दोनों मित्र एक साथ भ्रमण करने निकले। चलते-चलते काफ़ी देर हो चुकी थी। रंजन थक गया था। रंजन ने दुखी होकर कहा, ''मुझमें शक्ति का अभाव है। यदि मैं स्वस्थ ही नहीं हूं, तो इस किताबी ज्ञान का क्या उपयोग। अगर मैं तुमसे आधा भी बलवान हो गया तो अपने अर्जित ज्ञान का त्याग कर दूंगा।''

सुमेर को रंजन की बातें सुनकर गहरा धक्का लगा। उसने कहा, ''अच्छा! तो तुम अपनी तकदीर से संतुष्ट नहीं हो। इधर मेरी यह इच्छा है कि मैं भी तुम्हारी तरह पढ़ाई-लिखाई में अव्वल अंक प्राप्त करूं। मैंने भी कई बार सोचा कि मैं पढ़ाई-लिखाई में अव्वल अंक प्राप्त करने के लिए खेल-कूद आदि अन्य गतिविधियों से अपना ध्यान हटा लूंगा।''

दोनों एक-दूसरे को देखने लगे। फिर उन्होंने एक-दूसरे को गले से लगा लिया। रंजन बोला, ''दूर के ढोल हमेशा सुहावने लगते हैं,'' सुमेर को उसकी बात समझ नहीं आई। उसने रंजन से इस कथन का तात्पर्य स्पष्ट करने को कहा। रंजन ने अपने इस कथन को स्पष्ट करते हुए कहा, ''कोई भी मनुष्य अपनी योग्यताओं से संतुष्ट नहीं है। वह दूसरों से अपनी तुलना करता रहता है और स्वयं दुखी होता रहता है। अपने सामने की तरफ़ देखो। क्या तुम्हें वहां की घास तुम्हारे पैरों के नीचे की घास से ज्यादा हरी-भरी नजर नहीं आ रही?'' सुमेर ने रंजन के कथन पर सहमति जताई और फिर दोनों अपने रास्ते पर चल पड़े।

शिक्षा : *इस कहानी से हमें यह शिक्षा मिलती है कि हर कोई हमेशा यही सोचता है कि दूसरा व्यक्ति उससे हर मामले में आगे है। वह भी उसके बराबर होने की होड़ में लग जाता है। शायद ही कभी किसी ने इस संसार में किसी पूर्णत: संतुष्ट व्यक्ति को देखा होगा।*

30

गुलामी की चुपड़ी रोटी से आज़ादी की सूखी रोटी भली

The poor are truly free when their needs are a few

डायोगिनीज़ एक प्रमुख यूनानी दार्शनिक थे। वे थोड़े में ही संतुष्ट रहने वाले व्यक्ति थे। अमीरी, भौतिक सुखों तथा भोग-विलास की वस्तुओं आदि से उन्हें कोई सरोकार नहीं था। वे अपना ज्यादातर समय ज्ञान अर्जित करने तथा जीवन के यथार्थ को समझने में व्यतीत करते थे। वे सादा जीवन जीने में ही विश्वास रखते थे। वे अपने लिए भोजन स्वयं ही पकाते थे। उनका घर हरे-भरे पेड़-पौधों के बीच में स्थित था। अपने घर को वे साफ-सुथरा रखते थे।

एक दिन डायोगिनीज़ रसोई घर में भोजन पकाने के लिए गए। वहां पर उन्होंने बर्तनों को टटोल कर देखा तो सब खाली थे। केवल एक बर्तन में थोड़ी-सी मसूर की दाल रखी थी। यह देख उनके मुख पर मुस्कान की लहर दौड़ पड़ी। उन्होंने स्वयं से कहा, ''आज मैं रात के भोजन के लिए दाल का सूप बनाऊंगा तथा उसे पीकर अपना पेट भरूंगा।''

उन्होंने दाल को एक प्लेट में उड़ेला तथा उसे लेकर घर के पिछवाड़े चल दिए। वहां उन्होंने दाल को धोने के लिए कुएं से पानी निकाला तथा दाल को धोने लगे। उस स्थान पर ढलते सूरज की रोशनी पड़ रही थी जो कि एक मनोहारी दृश्य प्रस्तुत कर रही थी।

तभी अचानक पीछे से आवाज आई, ''अरे मित्र! तुम कहां हो?'' डायोगिनीज़ ने पीछे मुड़कर देखा तो उनके मित्र आरिस्टीपस खड़े थे जो एक विद्वान थे तथा एक अदालत में कार्यरत थे। उनका जीवन बहुत ही सुखमय तरीके से व्यतीत हो रहा था।

डायोगिनीज़ ने उनका स्वागत करते हुए कहा, ''तुम्हारा स्वागत है, मित्र! कैसे हो तुम? कई दिनों से तुमसे मुलाकात नहीं हो पाई है। क्यों न तुम मेरे साथ आज रात के भोजन में सम्मिलित हो जाओ। तत्पश्चात् हम दोनों बैठकर दर्शन-शास्त्र आदि पर विचार-विमर्श करेंगे।'' कहकर उन्होंने दाल को पानी से धोया।

आरिस्टीपस ने डायोगिनीज़ से पूछा, ''मित्र! आज तुमने रात्रि के भोजन के लिए क्या पकाया है?'' डायोगिनीज़ ने जमीन पर पड़े एक पत्थर के टुकड़े को दूर फेंकते हुए जवाब दिया, ''स्वादिष्ट दाल का सूप, मित्र''। यह सुनकर आरिस्टीपस ने उत्तर दिया, ''धन्यवाद! परंतु मैं इस प्रकार के रूखे-सूखे भोजन का आनंद नहीं ले सकता।'' फिर उन्होंने डायोगिनीज़ से पूछा, ''मुझे यह बताओ कि तुम दरिद्रता का जीवन क्यों व्यतीत करते हो? तुम तो मुझसे भी अधिक बुद्धिमान हो, विद्वान हो तथा हर प्रकार की जानकारियां रखने वाले व्यक्ति हो। अगर तुम राजा की चापलूसी करते तो आज तुम्हें इस तरह दीन-हीन अवस्था में जीवन नहीं जीना पड़ता।''

आरिस्टीपस की इस बात से डायोगिनीज़ आहत हुए। किंतु फिर उन्होंने आरिस्टीपस को तिरस्कार की दृष्टि से देखते हुए कहा, ''अगर तुम भी मेरी तरह रूखे-सूखे भोजन पर जीवन जीने के अभ्यस्त होते तो तुम्हें कभी भी राजा की चापलूसी करने की आवश्यकता नहीं होती।'' आरिस्टीपस के पास डायोगिनीज़ के इस कथन का कोई उत्तर नहीं था, वे निरुत्तर हो गए। वे समझ गए कि 'गुलामी की चुपड़ी रोटी से आज़ादी की सूखी रोटी ही भली होती है'।

शिक्षा : इस कहानी से हमें यह शिक्षा मिलती है कि कोई भी व्यक्ति तब तक स्वतंत्र जीवन व्यतीत नहीं कर सकता, जब तक कि वह अपनी आवश्यकताओं को सीमित न रखे। सब तरह से संतुष्ट व्यक्ति ही स्वतंत्र जीवन जीने का अधिकारी होता है।

करत-करत अभ्यास के जड़मति होत सुजान

Practice makes one perfect

एकलव्य एक निम्न जाति के परिवार में जन्मा था। वह अपने परिवारजनों के साथ एक जंगल में निवास करता था। अकसर वह चारे की खोज में अपने पिताजी के साथ जंगल में जाया करता था। उसका पिता खंजर से शिकार किया करता था। एकलव्य ने भी खंजर से वार करने का अभ्यास किया, पर उन्हें इसका अभ्यास करने के लिए उसे खुले मैदान में जाना पड़ता था। यह उसके लिए कठिन कार्य साबित हुआ। उसने अन्य विकल्पों के बारे में विचार किया। पत्थरों से छोटे जीव-जंतुओं पर निशाना साधना उसे आसान कार्य लगा। वह पक्षियों पर वार करने के लिए गुलेल का प्रयोग करता था।

एक दिन हस्तिनापुर से गुजरते हुए एकलव्य ने युवकों के एक समूह को धनुर्विद्या का अभ्यास करते हुए देखा। वह वहां खड़े होकर उन्हें अभ्यास करते हुए देखने लगा। वह सोचने लगा कि क्या वह भी धनुर्विद्या में निपुण हो सकता है? परंतु उसे धनुर्विद्या कौन सिखाता? वह क्षत्रिय तो था नहीं। उस समय केवल उच्च जाति के लोगों को ही धनुर्विद्या तथा युद्ध-कौशल का अभ्यास करने का अधिकार था।

एकलव्य अपने भाग्य को कोसता हुआ घर की ओर प्रस्थान करने लगा। वह सोचने लगा, ''मैं जानता हूं कि मैं धुनर्विद्या में निपुणता अर्जित कर सकता हूं। मेरी निशानेबाजी भी बहुत अच्छी है। कुछ दिन पूर्व मैंने एक भागते-छिपते खरगोश पर सीधे निशाना साधा तथा उसे एक ही वार में ढेर कर दिया। कुछ दिनों बाद मैंने कबूतर के एक जोड़े को भी अपनी गुलेल से वार कर ढेर कर दिया था। अगर मैं धनुर्विद्या में भी निपुण हो जाता हूं तो मैं हिरन आदि पशुओं का भी शिकार आसानी से कर पाऊंगा, परंतु मैं कभी भी धनुर्विद्या में निपुण नहीं हो पाऊंगा। मेरी जाति धनुर्विद्या की शिक्षा ग्रहण करने में बाधक सिद्ध हो रही है।''

हस्तिनापुर का भ्रमण करते हुए एकलव्य उन युवकों को हर बार धनुर्विद्या का अभ्यास करते हुए ध्यानपूर्वक देखा करता था। शीघ्र ही उसे धनुष बनाना आ गया। फिर उसने कुछ बाण भी इकट्ठे किए। उसने यह भी सुना था कि गुरु द्रोणाचार्य उस समय के धनुर्विद्या के सर्वश्रेष्ठ आचार्य थे। एकलव्य ने स्वयं से कहा, ''मैं गुरु द्रोणाचार्य का शिष्य हूं।'' फिर उसने गुरु द्रोणाचार्य की मिट्टी की एक मूर्ति बनाई और उसे एक पेड़ के नीचे स्थापित कर दिया। उसने उस मिट्टी की मूर्ति को झुककर नमन किया तथा अभ्यास शुरू कर दिया। वह प्रतिदिन कठोर अभ्यास करता। यह एक कठिन कार्य था, परंतु एकलव्य ने हार नहीं मानी। धीरे-धीरे तथा निरंतर गति से वह धनुर्विद्या में सुधार करता चला गया।''

आगे चलकर वह धनुष-बाण चलाने में निपुण हो गया। वह लक्ष्य पर उसकी परछाईं को देखकर ही निशाना साध लेता था और पशु-पक्षियों की आवाज सुनकर ही उन पर सटीक निशाना लगा लेता था। वह वीर अर्जुन की भांति एक श्रेष्ठ धनुर्धर था। उसके अथक परिश्रम तथा लगन से इस कथन को सही सिद्ध कर दिया था—'करत-करत अभ्यास के जड़मति होत सुजान' यानी 'निरंतर अभ्यास से ही प्रतिभा निखरती है।'

शिक्षा : *इस कहानी से हमें यह शिक्षा मिलती है कि किसी कला में निपुण होने के लिए व्यक्ति को कड़ी मेहनत, लगन और निरंतर अभ्यास की आवश्यकता होती है। उसे तब तक अभ्यास करना चाहिए जब तक कि वह अपनी कला में निपुण न हो जाए।*

32

अपना हाथ जगन्नाथ

God helps those who help themselves

धान के खेत में एक घोंसला था। उसमें मादा पक्षी अपने दो छोटे-छोटे बच्चों के साथ रहती थी। सुबह-सुबह ही मादा पक्षी बच्चों के लिए भोजन की तलाश में दूर-दूर तक जाया करती थी। जाने से पूर्व वह हमेशा अपने छोटे बच्चों को हिदायत दे जाती, ''कहीं बाहर मत जाना। हर तरफ़ खतरा मंडरा रहा है। अंदर घोंसले में ही रहना। इससे तुम्हें कोई हानि नहीं पहुंचा सकेगा। किसी भी प्रकार की आवाज या आहट हो तो तुम सावधान हो जाना और कोई भी, किसी भी प्रकार की बातचीत हो रही हो तो उसे ध्यानपूर्वक सुनना, क्योंकि अब फसलों की कटाई का समय निकट आ रहा है। हमें इस स्थान को शीघ्र ही छोड़ना पड़ेगा, इससे पहले कि फसल की कटाई के लिए यहां लोग आ पहुंचें।''

एक दिन मादा पक्षी के घोंसले से उड़ने के कुछ देर पश्चात ही उस खेत का किसान और उसका पुत्र वहां आ पहुंचे। वे उस घोंसले के समीप ही खड़े हो गए। किसान ने लहलहाती फसल को देखते हुए अपने पुत्र से कहा, ''अब फसल की कटाई का समय आ गया है। हमें गांववालों की मदद लेनी चाहिए। हम अपने पड़ोसियों से अपनी सहायता के लिए कहेंगे।'' उसके पुत्र ने किसान की बातों पर हामी भरी और दोनों वहां से चल दिए।

चिड़िया के बच्चों ने उन दोनों की बातें सुन ली थीं। उन्होंने मादा चिड़िया को सारा वृत्तांत सुनाया। सारा वृत्तांत सुनकर मादा चिड़िया ने अपने बच्चों से कहा, ''घबराओ मत, मेरे बच्चो! हमें कुछ नहीं होगा।'' फिर मादा चिड़िया ने अपने दोनों बच्चों को भोजन कराया।

अगले दिन पुनः उनकी मां ने वही हिदायतें दी तथा वहां से उड़ गई। कुछ देर बाद किसान और उसका बेटा फिर वहां आ गए। किसान ने अपने बेटे से कहा, ''गांववाले बहुत व्यस्त हैं, उनके पास हमारी सहायता करने के लिए समय नहीं है। हमें इस कार्य के लिए बाहरवालों की सहायता लेनी चाहिए।''

जब मादा चिड़िया वापस लौटकर अपने घोंसले में आई तब उसके बच्चों ने उसे सारी घटना का ब्यौरा दिया, परंतु मादा चिड़िया ने निश्चिंत होकर कहा, ''चिंता करने की कोई आवश्यकता नहीं है। हमारे पास अभी भी बहुत समय है।''

कुछ दिनों बाद किसान और उसके पुत्र ने खेत का फिर दौरा किया। किसान ने चिंतित मन से अपने पुत्र से कहा, ''अब अगर हम फसल की कटाई नहीं करेंगे तो हमें भारी नुकसान उठाना पड़ सकता है। चूंकि हमें किसी भी प्रकार की सहायता नहीं मिल पा रही है, इसलिए हमें स्वयं ही फसल की कटाई करनी चाहिए।'' किसान के पुत्र ने भी इस कथन पर सहमति जताई।

उस दिन जब मादा चिड़िया लौटकर आई तो उसके दोनों बच्चों ने सारी कथा सुनाई। यह सुनकर मादा चिड़िया ने कहा, ''इस बार किसान सचमुच ही गंभीर है। उसकी बात को अब गंभीरता से लेना होगा। वह कल फसल को अवश्य काटेगा। मुझे लगता है कि अब तुम दोनों उड़ पाने में सक्षम हो। मेरे साथ चलो। हम उस गुलमोहर के पेड़ पर अपना नया आशियाना बनाएंगे।'' मादा चिड़िया की बात सुनकर उसके बच्चों ने बड़े अचरज-भरे स्वर में पूछा, ''आप यह बात इतने यकीन के साथ कैसे कह सकती हैं?''

इस पर मादा चिड़िया ने कहा, ''क्योंकि इस बार किसान तथा उसके पुत्र ने स्वयं ही फसल काटने का फैसला किया है। उन्हें यह ज्ञात हो गया है कि अपना काम दूसरों पर नहीं छोड़ना चाहिए। उसे अपना काम खुद ही कर लेना चाहिए।'' यह कहकर मादा चिड़िया अपने बच्चों के साथ अपने नए आशियाने की ओर उड़ गई।

शिक्षा : *इस कहानी से हमें यह शिक्षा मिलती है कि हमें अपना काम स्वयं करना चाहिए। हमें दूसरों पर निर्भर नहीं रहना चाहिए। ईश्वर भी उन्हीं की सहायता करते हैं जो अपनी सहायता खुद करते हैं।*

33

सहज पके सो मीठा होय

Slow and steady wins the race

किसी जंगल में एक खरगोश रहता था। एक दिन वह तालाब के किनारे खड़ा हो गया तथा पानी में अपनी परछाईं देखकर स्वयं से कहने लगा, ''मैं तो बिल्कुल स्वस्थ हूं। मेरी बहुत सुंदर आंखें हैं। मेरा शरीर बहुत हृष्ट-पुष्ट है। मैं बाकी पशुओं से तेज भाग सकता हूं।''

तभी उसने एक कछुए को देखा जो कि तालाब के किनारे अत्यंत धीमी गति से चला आ रहा था। किनारे पर फिसलन होने की वजह से वह बड़ी मुश्किल से आगे बढ़ पा रहा था। यह देखकर खरगोश कछुए पर हंसा और उसका उपहास करते हुए बोला, ''यह तुम्हारे लिए कठिन कार्य है। मेरे लिए तो यह बहुत ही आसान है। मैं तो एक लंबी छलांग लगाकर ही इसे पार कर सकता हूं।''

कछुए को खरगोश की बात बहुत बुरी लगी। वह स्वयं को अपमानित महसूस करने लगा। कछुए ने खरगोश के पास आकर उससे कहा, ''तुम स्वयं पर इतना गर्व मत करो। मैं तुम्हें दौड़ की प्रतियोगिता के लिए चुनौती देता हूं। यह दौड़ जंगल के एक छोर से लेकर दूसरे छोर तक होगी।''

जब खरगोश ने कछुए की चुनौती सुनी तो वह जोर-जोर से हंसने लगा और बोला, ''तुम समझते हो कि तुम इस दौड़ में जीत जाओगे? यह तो हो ही नहीं सकता।''

कछुए ने जवाब दिया, ''ठीक, चलो देखते हैं।'' दोनों ने निश्चय किया कि दौड़ का आयोजन अगले दिन सुबह होने के एक घंटे बाद होगा। यह बात जंगल के सभी पशु-पक्षियों को भी पता चल गई। इस दौड़ को देखने के लिए कई पशु-पक्षी भी इकट्ठे हुए। वे आपस में कहने लगे, ''बेचारा कछुआ तो अवश्य ही दौड़ में पराजित हो जाएगा।''

खैर, दौड़ शुरू हुई। खरगोश ने काफ़ी तेज दौड़ लगाई। कछुआ बहुत ही धीमी गति से आगे बढ़ता गया। खरगोश दूसरी छोर के काफ़ी नज़दीक पहुंच गया। अंतिम छोर केवल 100 मीटर की दूरी पर था। खरगोश ने पीछे मुड़कर देखा। उसे कछुआ दूर-दूर तक कहीं नज़र नहीं आया। फिर खरगोश को एक पीपल का पेड़ दिखा। खरगोश ने सोचा कि अभी तो कछुआ बहुत दूर है। क्यों न थोड़ी देर इस पेड़ की छांव में विश्राम किया जाए? वह उस पेड़ के नीचे लेट गया और थोड़ी ही देर में उसे नींद आ गई।

थोड़ी देर बाद पशु-पक्षियों के चिल्लाने की आवाज सुनकर खरगोश की नींद टूट गई। अधखुली आंखों से खरगोश इधर-उधर देखने लगा। उसने देखा कि सारे पशु-पक्षी कछुए को उसकी जीत पर बधाइयां दे रहे थे। कछुआ धीरे-धीरे ही सही परंतु लगातार दौड़ रहा था, इसलिए वह खरगोश से पहले ही वहां पहुंच गया और उस दौड़ में उसकी जीत हुई।

शिक्षा : *इस कहानी से हमें यह शिक्षा मिलती है कि व्यक्ति को तब तक निरंतर चलते रहना चाहिए जब तक कि वह अपनी मंजिल तक न पहुंच जाए। उसे यह याद रखना चाहिए कि कठिन परिश्रम से ही सफलता प्राप्त की जा सकती है।*

34

अक्ल की धार तलवार की धार से पैनी होती है

Tact wins where might fails

एक बार की बात है। अमेरिका के राष्ट्रपति रूज़वेल्ट ने लॉस एंजिलिस के ओ'कौनोर को लेखा-नियंता नियुक्त किया था। लॉस एंजिलिस की जनता के लिए यह गौरव का क्षण था। वहां के कुछ प्रभावशाली व्यक्तियों ने ओ'कौनोर के सम्मान में भोज का आयोजन किया। शहर की कई प्रसिद्ध हस्तियों को भोज के लिए आमंत्रित किया गया था। बड़े-बड़े व्यापारी तथा जमींदार आदि भी भोज में उपस्थित हुए। प्रसिद्ध महिलाएं भी भोज में उपस्थित थीं।

ओ'कौनोर ने इस सम्मान के लिए आयोजकों का धन्यवाद किया। उन्होंने वहां उपस्थित सभी लोगों का अभिवादन किया। जब उनकी नज़र एक बहुत ही खूबसूरत तथा जवान फिल्म अभिनेत्री पर पड़ी तो वे रुक गए। उस अभिनेत्री का उन्होंने गर्मजोशी से अभिवादन किया। ओ'कौनोर ने उनसे कहा, ''आप यहां आईं, इसके लिए बहुत-बहुत शुक्रिया। आपके यहां आने से इस कार्यक्रम के आयोजन में चार चांद लग गए हैं।'' ओ'कौनोर की यह बात सुनकर वह महिला गद्गद हो गई और कहा, ''बहुत-बहुत धन्यवाद। हम सब राजनीति में आपकी जीत से अत्यंत प्रसन्न हैं।'' वह थोड़ा रुकी और फिर ओ'कौनोर को अपनी बांहों में लेकर कहा, ''क्या यह सच है कि आपने नए तरह के नोट छापने तथा उन्हें नया डिजाइन देने की योजना बनाई है?''

‘‘लगता है आपको हर प्रकार की जानकारियां रखने का बहुत शौक है’’, यह कहकर ओ'कौनोर वहां से चल दिए, परंतु अभिनेत्री ने अपनी बातचीत को जारी रखते हुए फिर पूछा, ‘‘प्रिय ओ'कौनोर! क्या आप इन नोटों पर मेरा चित्र नहीं डाल सकते?’’ यह सुनकर ओ'कौनोर को बड़ा आश्चर्य हुआ। उन्हें इस बात का जरा भी अंदेशा नहीं था कि वह ऐसी बेतुकी बात भी कर सकती हैं। वह उसे इस बात का जवाब कुछ इस प्रकार देना चाह रहे थे कि जरा भी बुरा न लगे। उन्होंने अपनी वाक्पटुता का सहारा लेकर उस महिला का हाथ थामा और कहा, ‘‘आपका विचार अति उत्तम है, परंतु फिर भी मुझे डर है कि मैं आपके इस निवेदन को स्वीकार नहीं कर पाऊंगा। मुझे इस बात का बेहद अफसोस है। परंतु क्या तुम यह जानती हो कि राष्ट्रपति महोदय विज्ञापन आदि के सख्त विरुद्ध हैं? मैं यह भी जानता हूं कि अगर युवकों के हाथों में आपके चित्र वाले नोट आ जाएं तो वे उनका क्या हश्र करेंगे।’’

ओ'कौनोर की बातें उस अभिनेत्री महिला के समझ में आ गईं। उसने उस महिला के आग्रह को अस्वीकार कर दिया था। फिर भी उसे ओ'कौनोर की बातों का जरा भी बुरा नहीं लगा। वास्तव में वह बहुत प्रसन्न हुई, क्योंकि ओ'कौनोर ने उसकी सुंदरता को सम्मान दिया था। ओ'कौनोर की वाक्पटुता तथा व्यवहार-कुशलता ने उसे बचा लिया।

शिक्षा : *इस कहानी से हमें यह शिक्षा मिलती है कि कठिन परिस्थितियों में वाक्चातुर्य बहुत कारगर साबित होता है। पराक्रम से युद्ध जीता जा सकता, उसी प्रकार वाक्पटुता से किसी का भी दिल जीता जा सकता है।*

35

जैसे को तैसा

Tit for tat

यह आप सबको मालूम ही है कि लोमड़ी हमेशा कुछ-न-कुछ अनिष्ट करने को ही सोचती रहती है। ऐसी कई कहानियां हैं जिनमें लोमड़ी के कारनामों का बखान हुआ है। यहां एक लोमड़ी तथा सारस की कहानी पेश की जा रही है :

एक बार जंगल में लोमड़ी ने एक सारस को भोज का निमंत्रण दिया। सारस ने लोमड़ी का निमंत्रण स्वीकार कर लिया। सारस एक अति विशेष भोज के आयोजन के सपने देखने लगा। भोज में क्या परोसा जाएगा? इस बारे में सारस को कुछ भी निश्चित रूप से पता नहीं था। उसने यह सोचा कि लोमड़ी की तरफ़ से उसे स्वादिष्ट मछलियां तथा केकड़े परोसे जाएंगे। भोजन सचमुच बहुत स्वादिष्ट होगा।

खैर, निर्धारित समय और स्थान पर सारस पहुंच गया। लोमड़ी ने मुस्कराते हुए सारस का स्वागत किया, "आओ मेरे मित्र! आओ, मेरा निमंत्रण स्वीकार करने के लिए तुम्हारा बहुत-बहुत धन्यवाद।" फिर लोमड़ी सारस को एक चौड़े-उथले बर्तन के समीप ले गई, जिसमें स्वादिष्ट सूप भरा हुआ था। यह देखकर सारस के मुंह में पानी आ गया और उसने झट से थोड़ा-सा सूप अपनी चोंच में भर लिया। फिर उसने अपनी

चोंच को ऊपर की ओर किया और सूप को अपने गले से नीचे उतारा। इस दौरान, लोमड़ी ने झटपट सूप पीना शुरू कर दिया। उसने लगभग सारा-ही सूप पी लिया था। बेचारे सारस को थोड़ा ही सूप पीना नसीब हुआ।

लोमड़ी ने फिर सारस को अपनी चोंच साफ करने के लिए एक रूमाल देते हुए कहा, ''मुझे उम्मीद है कि तुम्हें इस भोज का भरपूर आनंद प्राप्त हुआ होगा।'' यह सुनकर सारस बहुत क्रोधित हुआ। वह स्वयं को अपमानित महसूस करने लगा। जैसे ही सारस वहां से बाहर की ओर जाने लगा तभी पीछे से लोमड़ी ने उसका उपहास किया तथा ठहाके मारकर हंसने लगी।

सारस ने स्वयं को ठगा-सा महसूस किया। उसने मन में विचार किया, ''मैं इस लोमड़ी को छोड़ूंगा नहीं। मैं भी उसे इसी प्रकार भोज के लिए आमंत्रित करूंगा और जैसा व्यवहार इसने मेरे साथ किया है, ठीक वैसा ही व्यवहार मैं इसके साथ करूंगा।''

सारस ने अपना क्रोध जाहिर नहीं होने दिया। कुछ दिनों पश्चात सारस उस लोमड़ी के पास आया और बोला, ''लोमड़ी बहन! तुमने मुझे जो अपने यहां स्वादिष्ट भोज दिया था, उसके लिए बहुत-बहुत धन्यवाद। अब मेरी बारी है। मैं तुम्हें अपने यहां अगले शनिवार रात 8 बजे भोज के लिए आमंत्रित करता हूं।'' लोमड़ी ने झट से सारस का निमंत्रण स्वीकार कर लिया।

निर्धारित समय पर लोमड़ी सारस के घर पहुंच गई। सारस ने लोमड़ी का गर्मजोशी से स्वागत करते हुए कहा, ''आओ बहन! आओ, चलो भोज का आनंद उठाएं।'' लोमड़ी ने हवा में जोर से सूंघते हुए कहा, ''आहा! मुझे तो स्वादिष्ट मछलियों एवं केकड़ों की खुशबू आ रही है।'' सारस लोमड़ी को एक सुराहीनुमा लंबे बरतन की ओर ले गया जिसमें स्वादिष्ट मछलियां एवं केकड़े रखे हुए थे। सारस ने लोमड़ी को पेटभर खाना खाने के लिए कहा। सारस ने अपनी चोंच उस सुराहीनुमा बरतन में डाली और एक केकड़ा अपनी चोंच में फंसाकर उसका भोजन किया। फिर वह एक तरफ़ खड़ा हो गया। लोमड़ी ने उस बरतन में अपना सिर घुसाने की भरपूर कोशिश की, परंतु उस बरतन का मुंह अत्यंत पतला होने की वजह से वह सफल न हो सकी। सारस ने भरपेट खाना खाया, परंतु बेचारी लोमड़ी! वह तो केवल उस स्वादिष्ट भोजन की खुशबू ही ले पा रही थी। उसे तो खाने को कुछ भी नहीं मिला। लोमड़ी क्रोधित होकर वहां से पैर पटकते हुए चली गई। तभी पीछे से सारस ने जोर से चिल्लाते हुए तथा लोमड़ी का उपहास करते हुए कहा, ''यह तो अदले का बदला था। यानी जैसे को तैसा हा! हा! हा!''

शिक्षा : *इस कहानी से हमें यह शिक्षा मिलती है कि जैसा व्यवहार कोई हमारे साथ करता है, वैसा ही व्यवहार हमें भी उसके साथ करना चाहिए।*

36

सत्यमेव जयते

Truth always triumphs

महाराज हरिश्चंद्र एक महान शासक थे। वे बहुत दयालु तथा उदार व्यक्ति थे। उनके लिए उनके जीवन से ज्यादा उनकी ईमानदारी और सच्चाई प्रिय थी। यहां तक कि देवता तथा ऋषि-मुनि भी इस कारण उनका आदर करते थे।

एक दिन देवता तथा ऋषि-मुनि आपस में विचार-विमर्श करने के लिए इकट्ठा हुए। वार्तालाप के दौरान एक ने कहा, ''जहां ईमानदारी और सच्चाई की बात आती है, महाराज हरिश्चंद्र का नाम सबसे पहले आता है, अर्थात महाराज हरिश्चंद्र ईमानदारी तथा सच्चाई के पर्याय हैं।''

ये बातें सुनकर ऋषि विश्वामित्र ने कहा, ''मैं इस बात से पूर्णतया सहमत हूं कि वे ईमानदार तथा सत्यवादी हैं। उनके पास सब कुछ है—धन-दौलत, सत्ता और एक प्यारा-सा परिवार, परंतु विपत्ति का काल व्यक्ति को बेईमान बनने पर मजबूर कर देता है। क्या महाराज हरिश्चंद्र विपत्तिकाल में भी सत्यता एवं ईमानदारी का दामन नहीं छोड़ेंगे?''

ऋषि विश्वामित्र के इस कथन पर देवताओं ने उन्हें स्वयं महाराज हरिश्चंद्र की सच्चाई को परखने के लिए कहा।

ऋषि विश्वामित्र ने हरिश्चंद्र की सत्यता को परखने का निश्चय किया। उन्होंने हरिश्चंद्र से भिक्षा रूप में उनका राज्य, उनकी संपत्ति तथा जमीन-जायदाद मांगे। हरिश्चंद्र ने बिना कुछ विचारे उनके द्वारा मांगी गई भिक्षा उन्हें हंसी-खुशी प्रदान कर दी। वे अपना सारा राज-पाट त्यागकर अपनी पत्नी तथा बच्चे के साथ निकल पड़े। उनके पास अपना कहने के लिए कुछ भी नहीं था—न घर, न किसी प्रकार का कोई साधन, न किसी प्रकार की कोई आमदनी। यहां तक कि उन्होंने अपने कुछ कर्जों को निपटाने के लिए अपनी पत्नी तथा बच्चे को भी बेच दिया। पूरा कर्ज निपटाने के लिए उन्होंने स्वयं को एक श्मशान के मालिक के हाथों बेच दिया।

इस बीच एक बार फिर ऋषि विश्वामित्र हरिश्चंद्र के पास आए और बोले, ''तुम मुझे एक असत्य वाक्य कहो, केवल एक असत्य वाक्य, और तुम्हें तुम्हारा सब कुछ वापस मिल जाएगा।'' उनकी यह बात सुनकर हरिश्चंद्र विनम्र स्वर में बोले, ''सत्यमेव जयते!'' अर्थात 'सत्य की ही जय होती है'।

एक दिन हरिश्चंद्र जब श्मशान में काम कर रहे थे, तभी उनकी पत्नी अपने पुत्र का मृत शरीर अपनी गोद में उठाए श्मशान में आई। उनके पुत्र की मृत्यु सांप के डसने की वजह से हुई थी। उनकी पत्नी के पास अपने पुत्र के अंतिम संस्कार हेतु लकड़ियां खरीदने के लिए पैसे नहीं थे। हरिश्चंद्र भी अपने पुत्र की मृत्यु हो जाने पर बहुत द्रवित हुए तथा फूट-फूटकर रोने लगे, लेकिन कर्तव्यनिष्ठ होने के कारण हरिश्चंद्र ने अपने पुत्र का अंतिम संस्कार करने से इंकार कर दिया।

उसी समय एक बार फिर से ऋषि विश्वामित्र हरिश्चंद्र के समक्ष प्रकट हुए और कहा, ''हे राजन्! तुम इतने निर्दयी कैसे हो सकते हो? तुम अपने पुत्र का अंतिम संस्कार करो। तुम्हारे मालिक को इस बारे में कोई जानकारी नहीं होगी।''

यह सुनकर महाराज हरिश्चंद्र ने द्रवित स्वर में कहा, ''मेरे मालिक मुझ पर पूरा भरोसा करते हैं। मैं कभी भी उनके भरोसे को तोड़ नहीं सकता।''

हरिश्चंद्र की बातें सुनकर ऋषि विश्वामित्र अत्यधिक प्रसन्न हुए। उन्होंने महाराज हरिश्चंद्र तथा उनकी पत्नी को पुन: उनका राज-पाट लौटा दिया। अपनी दिव्य-शक्तियों द्वारा ऋषि ने उनके मृत पुत्र को भी जीवित कर दिया। उन्होंने महाराज हरिश्चंद्र की भूरि-भूरि प्रशंसा की और कहा, ''हे राजन्! तुमने यह सिद्ध कर दिया है कि सत्य की सदैव जीत होती है।''

शिक्षा : इस कहानी से हमें यह शिक्षा मिलती है कि हमें सत्य के मार्ग को कभी छोड़ना नहीं चाहिए। अगर हम अपने हर कार्य में सच्चाई तथा ईमानदारी का परिचय देंगे तो निश्चय ही हमें सफलता प्राप्त होगी।

37

एकता में बल है

Unity is strength

किसी गांव में एक गरीब व्यक्ति रहता था। वह बहुत बूढ़ा हो चुका था और मरणावस्था को पहुंच चुका था। उसके तीन पुत्र थे। वे उसकी शय्या के पास खड़े थे। अपने पिता के स्वास्थ्य को लेकर वे सब बहुत दुखी थे।

वृद्ध के बार-बार खांसने पर उसके बड़े बेटे ने वैद्य को बुलाने का निश्चय किया। जैसे ही वह वैद्य को बुलाने के लिए बाहर की ओर जाने लगा, तभी उसके पिता ने अपना हाथ उठाकर उसे वापस बुलाने का इशारा किया और कहा, ''बेटे! पीछे आंगन की ओर जाओ। वहां तुम्हें लकड़ियों का एक गट्ठा मिलेगा।

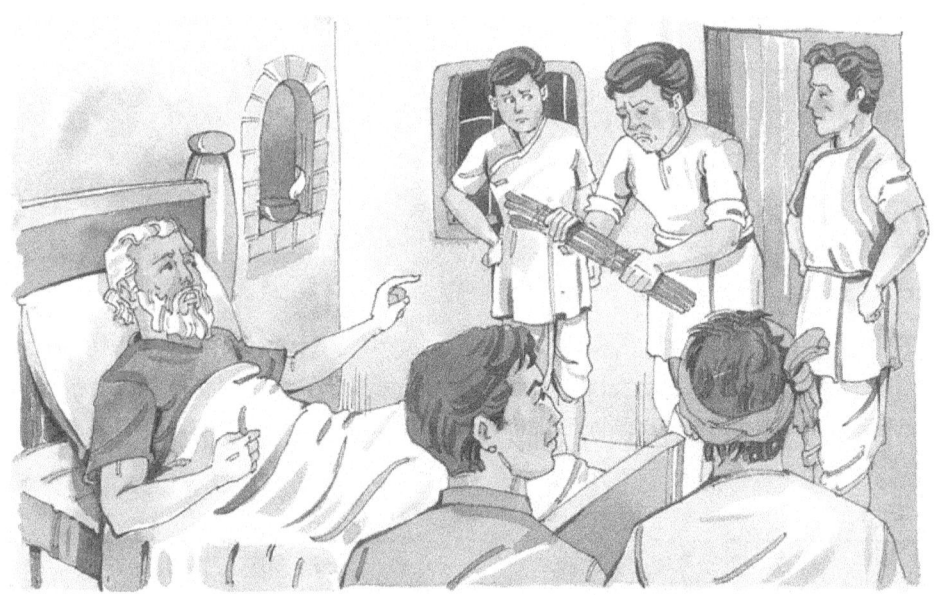

तुम उसे उठाकर यहां मेरे पास ले आओ।'' यह सुनकर उनके बड़े बेटे ने धीमे स्वर में उनसे कहा, ''आपको उसकी अभी क्या आवश्यकता आ पड़ी? आप बीमार हैं। आराम कीजिए।'' फिर वृद्ध अपने सबसे छोटे बेटे की तरफ़ देखकर कहा, ''जाओ और जैसा मैं कहता हूं, वैसा करो।'' छोटा बेटा झट से पीछे आंगन की ओर दौड़ा और वहां रखी लकड़ियों का गट्ठा उठा ले आया। बाकी दो बेटे अपने बीमार पिता की सेवा में जुटे रहे। पिता ने सबसे पहले बड़े बेटे से उस गट्ठे में से कुछ लकड़ियां लाने को कहा और उससे कहा कि वह उन लकड़ियों को तोड़कर दिखाए।

यह सुनकर उनके चारों बेटे एक-दूसरे का मुंह ताकने लगे। उन्होंने सोचा कि उनके पिता की बुद्धि भ्रष्ट हो गई है, लेकिन किसी में भी उनकी आज्ञा का उल्लंघन करने का साहस नहीं था। बड़े बेटे ने उस गट्ठे में से दो मोटी लकड़ियां निकालीं और उन्हें तोड़ने की कोशिश करने लगा, लेकिन उसके बहुत प्रयत्न करने पर भी वे लकड़ियां न टूटीं। आखिरकार, हारकर बेटे ने जवाब दे दिया।

फिर वृद्ध ने बाकी बेटों को भी उन लकड़ियों को तोड़ने का निर्देश दिया, परंतु वे भी भरपूर कोशिश करने के बाद हार गए। इसके बाद उस वृद्ध ने सभी बेटों को एक-एक लकड़ी को तोड़ने का निर्देश दिया। इस बार सभी ने लकड़ी के एक-एक टुकड़े को बड़ी आसानी से तोड़ दिया।

तब उस वृद्ध ने अपने बेटों से पूछा, ''अच्छा पुत्रो, यह बताओ कि इस घटना से क्या तुमको कोई सीख मिली?'' यह सुनकर उसके सभी बेटे एक स्वर में बोले, ''सीख! कैसी सीख?''

वृद्ध ने कहा, ''जब तक ये लकड़ी के टुकड़े एक साथ इकट्ठे थे, तब तुम सबने इन्हें तोड़ने की भरपूर कोशिश की, परंतु तुम में से कोई भी इन्हें तोड़ न सका, लेकिन जब अलग-अलग कर तुमने एक-एक लकड़ी को तोड़ने की कोशिश की तो ये आसानी से टूट गईं। इससे हमें यही शिक्षा मिलती है कि अगर तुम सब एक साथ मिलकर रहोगे तो तुम्हें कोई भी किसी भी प्रकार की हानि नहीं पहुंचा सकता। एकता में बहुत शक्ति होती है। कभी भी तुम सब इस सच्चाई को मत भूलना।'' पिता की बातों से सभी बेटों को एक बहुत अच्छी शिक्षा मिल गई।

शिक्षा : *इस कहानी से हमें यह शिक्षा मिलती है कि एकता में बहुत शक्ति होती है। संसार में ऐसे कई कार्य हैं जिन्हें व्यक्ति अकेला भी कर सकता है, परंतु कुछ कार्य ऐसे भी हैं जिनके लिए सामूहिक प्रयत्नों की आवश्यकता होती है। हमें यह सदैव याद रखना चाहिए कि घर की फूट घर का विनाश कर देती है।*

38

ज्ञान सदा किताबों से ही नहीं मिलता

Wisdom is nothing but earthly commonsense

एक गांव में एक वृद्ध रहता था। एक दिन वह एक संकरे रास्ते से गुजर रहा था। रास्ते के दोनों तरफ हरियाली थी। वह कभी भी पाठशाला नहीं गया था। वह अनपढ़ था, फिर भी गांववाले उसे एक बुद्धिमान व्यक्ति मानते थे।

वह वास्तव में बुद्धिमान था। उसमें व्यक्ति के स्वभाव को परखने का गुण था। वह हर समय किसी-न-किसी तरीके से बुद्धिमानी बढ़ाने के तरीके ढूंढ़ता रहता था। वह हमेशा अपने कान तथा आंखें खुली रखता था।

एक दिन रास्ते पर से गुजरते हुए चिड़ियों के चहचहाने की आवाज़ें उसके कानों में पड़ रही थीं। वह राह चलते हुए एक धुन गुनगुनाने लगा।

चलते-चलते उसकी नज़र खाने योग्य वनस्पति के पत्तों पर पड़ी जो सड़क के दोनों ओर स्थित थीं। किसी जानवर ने सीधे हाथ की तरफ़ के पेड़ के पत्ते खाए हुए थे। उलटे हाथ की तरफ़ के पेड़ के पत्ते साबूत थे। यह देख उसने स्वयं से कहा, ''ओह! शायद वह जानवर काना है, जरूर उसकी सीधी आंख खराब होगी।''

वह कुछ कदम और आगे चला तो उसे किसी जानवर के पदचिह्न नज़र आए। सारे पदचिह्न बराबर तथा स्पष्ट नहीं थे। उस वृद्ध ने इसका कारण जानने की कोशिश की। बाद में उसे सच्चाई मालूम पड़ी कि वह जानवर एक पांव से लंगड़ा था, लेकिन कौन-सा पांव? यह जानने के लिए उसने पदचिह्नों का ध्यानपूर्वक अध्ययन किया। तब उसने निष्कर्ष निकाला कि उस जानवर का पिछला बायां पांव छोटा है।

थोड़ा और अध्ययन करने के बाद पता चला कि वह जानवर एक घोड़ा था। पदचिह्न ज्यादा गहरे नहीं थे। वृद्ध ने मन ही मन विचार किया कि 'उस घोड़े पर कोई सवार नहीं था। वह शायद भटक गया होगा।'

वह ये सारी बातें सोच ही रहा था कि दूसरी ओर से एक विद्वान-सा दीखता व्यक्ति दौड़ता हुआ उसके पास आया। उसने वृद्ध से पूछा, ''क्या तुमने मेरा घोड़ा देखा है?'' वृद्ध ने कहा, ''तुम्हारा घोड़ा? क्या वह सीधी आंख से काना है?'' उस व्यक्ति ने जवाब दिया, ''आप सही कह रहे हैं, लेकिन आप यह बात कैसे जानते हैं?''

वृद्ध ने फिर उस व्यक्ति से पूछा, ''क्या वह घोड़ा पीछे के बाएं पांव से लंगड़ाता है।'' इस पर उस व्यक्ति ने कहा, ''आप बिल्कुल सही कह रहे हैं। वह मेरा ही घोड़ा है। कहां है वह?''

फिर वृद्ध ने कहा, ''यह बात मैं कैसे जानूं कि घोड़ा कहां है? मैंने कभी भी तुम्हारे घोड़े को देखा नहीं है।'' यह सुनकर वह व्यक्ति गुस्से से बौखला गया। वह चिल्लाकर बोला, ''तुमने ही मेरा घोड़ा चुराया

है। उसे मुझे वापस सौंप दो, नहीं तो मैं इसकी शिकायत गांव के मुखिया से कर दूंगा।'' यह सुनकर वृद्ध बोला, ''कीजिए शिकायत। मैं डरता नहीं हूं। मैं चोर नहीं हूं। मैंने चोरी नहीं की है।''

वह व्यक्ति उस वृद्ध को मुखिया के पास ले गया। दोनों ने एक-एक करके मुखिया को अपनी कहानी सुनाई। सारा वृत्तांत सुनकर मुखिया उस व्यक्ति पर जोर से गरजा और बोला, ''जाओ और अपने घोड़े को खुद ढूंढ़ो। खबरदार जो फिर कभी किसी की झूठी शिकायत लेकर मेरे पास आए तो। भागो यहां से।'' फिर मुखिया ने उस वृद्ध की ओर देखा और प्रसन्नतापूर्वक बोला, ''समाज को तुम्हारे जैसे लोगों की बहुत आवश्यकता है।''

यह सुनकर बुद्धिमान वृद्ध ने कहा, ''यह कोई बुद्धिमानी का उदाहरण नहीं है। यह मनुष्य के भीतर छिपी हुई प्रतिभा ही तो है। सिर्फ़ एक पारखी नजर की आवश्यकता होती है इधर-उधर ध्यानपूर्वक देखने के लिए।''

शिक्षा : *इस कहानी से हमें यह शिक्षा मिलती है कि ज्ञान अर्जित करने के लिए यह कतई आवश्यक नहीं है कि व्यक्ति पाठशाला जाए या किताबी कीड़ा बन जाए। व्यक्ति का जीवन ही उसका सर्वोत्तम अध्यापक है। ज्ञान से ज्यादा व्यक्ति के जीवन में उसकी अक्लमंदी ही काम आती है।*

39

ख्याली पुलाव पकाने से भूख नहीं मिटती

Count not your chickens before they are hatched

किसी शहर के पास एक छोटा-सा गांव था। उस गांव में एक गरीब दूधवाली रहती थी। वह कई बार अमीर बनने का ख्वाब देखा करती थी। पर वह कैसे अमीर बन सकती थी? यह उसे नहीं मालूम था। एक दिन अचानक उसे एक युक्ति सूझी। वह एक अमीर दूधवाले के पास गई और कहा, ''क्या आप मुझे उधार में दूध दे सकते हैं? मैं उसे शहर ले जाकर बेचूंगी और धन कमाऊंगी।'' दूधवाला उसकी बात से सहमत हो गया।

अगली सुबह उसने दूधवाले से दूध लिया और दो बर्तनों में भर लिया। फिर उसने उन बर्तनों में थोड़ा पानी मिला दिया ताकि दूध की मात्रा बढ़ाई जा सके। वह सोचने लगी, ''किसी को पता भी नहीं चलेगा कि मैंने इसमें पानी मिलाया है। इस तरह मैं खूब धन कमाऊंगी और अमीर हो जाऊंगी।'' वह दूध से भरे दोनों बर्तन अपने सिर पर उठाए और एक हाथ में छड़ी लिए शहर की ओर चल पड़ी।

धीरे-धीरे वह कल्पना की दुनिया में खो गई। उसने ख्याली पुलाव पकाने शुरू कर दिए। वह सोचने लगी, ''मैं बहुत जल्द अमीर हो जाऊंगी। फिर मैं कुछ मुर्गियां खरीदूंगी। वे अंडे देंगी। मैं उन अंडों को

बेचूंगी। कुछ अंडे अपने पास भी रखूंगी। उनमें से चूज़े निकलेंगे। फिर धीरे-धीरे वे चूज़े बड़े होंगे। बड़े होकर वे भी अंडे देंगे। उससे जो कमाई होगी, उन पैसों से मैं एक गाय खरीदूंगी। उस गाय से मुझे दूध प्राप्त होगा। फिर मैं उस दूध को बेचूंगी। उससे जो कमाई होगी, उससे मैं और गाएं खरीदूंगी। शीघ्र ही मेरे पास इतना धन होगा कि मैं विवाह करके अपना एक खुशहाल जीवन आरंभ कर सकूंगी। फिर हमारे बच्चे होंगे। अगर मेरे बच्चे मुझे तंग करेंगे तो मैं उन्हें डंडे से मारूंगी।'' ऐसा कहते हुए उसने अपनी छड़ी को उठाया और जोर से ऊपर की ओर वार किया।

लेकिन यह क्या! उसका यह वार तो सीधे उन मिट्टी के बर्तनों पर पड़ा जो उसने सिर पर उठा रखे थे और जिनमें दूध भरा हुआ था। दोनों बर्तन टूट गए। सारा दूध निकलकर उसके शरीर को गीला करता हुआ जमीन पर गिर पड़ा।

इसके साथ ही उसके सारे ख्याली पुलाव नष्ट हो गए। उसका दूध बेचकर अमीर बनने का सपना चूर-चूर हो गया। उसकी सारी आशाओं पर पानी फिर गया। उसने केवल एक गलती कर दी थी कि उसने कार्य पूर्ण होने से पहले की उसके बारे में सोचना शुरू कर दिया था जो कि उसके लिए बाद में केवल ख्याली पुलाव ही साबित हुआ।

शिक्षा : इस कहानी से हमें यह शिक्षा मिलती है कि हमें भविष्य का सही तरीके से अनुमान लगा लेना चाहिए। हमें भविष्य को देखते हुए ही कार्यों को सुनियोजित तरीके से करना चाहिए। हमें यह भी याद रखना चाहिए कि सुनियोजित तरीके से किया गया कार्य भी गलत साबित हो सकता है। अत: हमें विपरीत परिस्थितियों के लिए भी तैयार रहना चाहिए।

40

साहसी व्यक्ति ही पुरस्कार का पात्र होता है

None but the brave deserve the crown

14 सितंबर, 1994 का दिन था। भारी वर्षा हो रही थी। एक विद्यालय के छात्र भीगते हुए विद्यालय की ओर भाग रहे थे। उन छात्रों में दीपक नाम का एक ग्यारह-वर्षीय बालक भी था। उसने वर्षा से बचने के लिए अपने सिर पर अपना वाटर-प्रूफ बस्ता रखा हुआ था। उसके पास वर्षा से बचने का इसके अतिरिक्त और कोई साधन नहीं था। वह कीचड़ में पैर रखता हुआ बड़ी कठिनाई से आगे बढ़ पा रहा था। रास्ते में से गुजर रहे वाहनों द्वारा गड्ढों से कीचड़ उछाले जाने पर वह अपने-आप को बड़ी मुश्किलों से बचा पा रहा था।

स्कूल के दरवाजे से प्रवेश करते हुए दीपक ने अपने मन में सोचा, ''काश! यह वर्षा इस मौसम की आखिरी वर्षा हो। सितंबर महीने के मध्य में इतनी भयंकर वर्षा की किसी को भी आशंका नहीं थी।''

उसने कक्षा में प्रवेश किया। वह सर से लेकर पांव तक पूरा भीगा हुआ था। उसके अन्य सहपाठी भी सर से लेकर पांव तक गीले थे। वे अपने लिए कुछ कर पाने में असमर्थ थे।

छात्रों ने अपनी-अपनी सीटें ग्रहण कीं। अध्यापिका आई और पाठ पढ़ाना आरंभ किया। कुछ देर पश्चात कक्षा में बैठे दीपक के सिर पर छत से पानी की एक बूंद आ गिरी। उसने तत्काल ऊपर की ओर देखा। छत पर दरार पड़ने की वजह से पानी की बूंदों की एक लकीर बन गई थी। उसे समझ नहीं आ रहा था कि वे बूंदें कहां से आईं। फिर उसे अचानक ही आभास हुआ कि शायद छत पर वर्षा का पानी इकट्ठा हो गया है। उसने पास में बैठे अपने सहपाठी से कहा, ''ऊपर की छत कच्ची है और उस पर पानी इकट्ठा हो रहा है। यह खतरनाक है। छत किसी भी पल ढह सकती है।'' इस पर उसके सहपाठी ने धीमे स्वर में कहा, ''इस समय कौन ऊपर छत पर जाएगा और भीगेगा।''

दीपक ने जल्द ही कुछ करने की सोची। वह खड़ा हुआ तथा अध्यापिका से बाहर जाने की आज्ञा मांगी। इस पर अध्यापिका ने अप्रसन्नता व्यक्त की और भौंहें चढ़ाकर उसकी ओर देखते हुए क्रोधित होकर पूछा, ''तुम बाहर क्यों जाना चाहते हो?''

दीपक ने ऊपर छत की ओर इशारा किया और अध्यापिका से बिना आज्ञा लिए ही वहां से बाहर की ओर भागा। उसने वर्षा की जरा भी परवाह नहीं की। उसके जूते गीली घास में पूरी तरह से डूब चुके थे। वह जोर से भागता हुआ सीढ़ियों से होता हुआ छत पर पहुंचा। उसने छत की मुंडेर के चारों ओर नज़रें दौड़ाईं। फिर उसकी नज़र सहसा एक नाली को देखकर ठहर गई जहां से पानी की निकासी होती थी। उसने देखा कि वह नाली बिल्कुल बंद थी। उस नाली के मुंह में तिरपाल का एक टुकड़ा फंसा हुआ था।

दीपक को पहले से ही किसी बड़ी दुर्घटना का अंदेशा होने लगा। वह सोचने लगा कि अगर उस तिरपाल के टुकड़े को जल्द-से-जल्द न हटाया गया तो वर्षा का पानी पूरी छत पर भर जाएगा और इससे पूरी छत नीचे आ सकती है तथा एक बड़ी दुर्घटना हो सकती है। यह सब सोचकर दीपक घबरा गया।

उसे एक उपाय सूझा—किसी नुकीली वस्तु से तिरपाल के टुकड़े में छेद किया जा सकता है। वह वस्तु उसे कहां मिल सकती है? क्यों न बाहर किसी दुकान से कोई सुआ, पेंचकस या लंबा डंडा लाया जाए? वह भागता हुआ विद्यालय के पास एक दुकान तक गया। दुकानदार आराम से बैठा हुआ बरसात की बूंदों की धुन पर मेज बजा रहा था। दीपक ने उससे जल्दी से कोई नुकीली वस्तु देने को कहा। दुकानदार ने पूछा, ''किसलिए?'' दीपक ने जवाब दिया, ''यह वक्त कुछ बतलाने का नहीं है।'' दीपक ने दुकान के इर्द-गिर्द देखा और जो वस्तु उसे चाहिए थी, उसे लेकर वह झट से विद्यालय की छत की ओर भागा। छत पर घुटनों तक पानी भर चुका था। दीपक के कदमों से वहां पर लहरें बन रही थीं। वह जैसे-तैसे करके नाली तक पहुंचा। फिर उसने बड़ी तेजी से उस तिरपाल के टुकड़े पर नुकीले डंडे से प्रहार किया। वह तब तक प्रहार करता रहा जब तक कि उस तिरपाल के टुकड़े में एक बड़ा-सा छेद नहीं हो गया। अब पानी छत से नाली की ओर बहने लगा। धीरे-धीरे छत पर ठहरा हुआ सारा पानी बह गया।

दीपक वहां खड़ा रहा। वह इस बात से अनभिज्ञ था कि उसकी कक्षा की अध्यापिका तथा छात्र नीचे आंगन में खड़े होकर उसके द्वारा किए गए कारनामे को देखकर सराह रहे थे। जब पानी का स्तर नीचे की ओर आया तो दीपक ने राहत की सांस ली। दीपक सीढ़ियों से उतरता हुआ जोर से चिल्लाता हुआ बोला, ''हम सब बच गए। अगर यह छत टूट जाती तो हम सब मर जाते।'' उसकी अध्यापिका ने दीपक को गले से लगा लिया तथा उसे उसकी बहादुरी के लिए बधाई दी और कहा, ''शाबाश! दीपक, तुमने अत्यंत

बहादुरी का प्रदर्शन किया है। तुमने वक्त पर बहादुरी दिखाकर हम सबकी जान बचाई है। तुम तो 'हीरो' हो और हमारे लिए हमेशा 'हीरो' ही रहोगे।''

15 अगस्त, 1996 को दिल्ली के मुख्यमंत्री ने दीपक को 'जीवन रक्षा पदक' से सम्मानित किया। तब सभी कह उठे, ''साहसी व्यक्ति ही पुरस्कार का पात्र होता है''।

शिक्षा : इस कहानी से हमें यह शिक्षा मिलती है कि साहसी और कर्मठ व्यक्ति ही नाम, शोहरत और सफलता का अधिकारी होता है। जोखिम उठाए बिना किसी को भी सफलता प्राप्त नहीं होती।

41

एक तीर से दो शिकार

To kill two birds with one stone

तेनालीराम विजयनगर के महाराज कृष्णदेवराय के दरबार के विद्वानों में से एक थे। एक दिन उन्हें महाराज के दरबार में देर शाम तक रुकना पड़ा था। रात के समय रास्ते से गुजरते हुए उन्हें कुछ लोगों के फुसफुसाने की आवाज सुनाई दी। वे किसी पेड़ की आड़ में छिप गए और अंधेरे में उनकी बातें सुनते रहे। वे लोग आपस में बतिया रहे थे, ''तेनालीराम बहुत ही अमीर व्यक्ति है और हमारे पास कुछ भी नहीं है, लेकिन कल तक हम अमीर हो जाएंगे और उसके पास कुछ भी नहीं रहेगा।'' इस बात पर सब लोग ठहाके लगाकर हंसने लगे। उनमें से एक ने कहा, ''यार! तुमने खूब कही। तुम्हारे क्या कहने। वाह!''

तेनालीराम को भनक लग गई थी की चोर उनके घर का सामान चुराने वाले हैं। तेनालीराम तत्काल अपने घर की ओर दौड़ पड़े। साथ-ही-साथ रास्ते में वे एक योजना बना रहे थे जिससे कि चोरों को सबक सिखाया जा सके। घर पहुंचकर उन्होंने अपने घर का दरवाजा खटखटाया। उनकी पत्नी ने दरवाजा खोला। तेनालीराम आंगन में बने झूले पर बैठ गए। उनकी पत्नी ने उनके लिए दूध का गिलास तैयार किया। तत्पश्चात् शिकायत भरे स्वर में उनसे कहा, ''हमारे घर के पीछे वाले खेत में जो धान की फसल है, वह सूखती जा रही है। अगर तुम उनमें समय पर पानी नहीं दोगे तो फसल जल्द ही नष्ट हो जाएगी।'' तेनालीराम ने

कहा, ''तुम्हारी बातें ठीक हैं, परंतु कुछ और विशेष कार्य है, पहले उसे पूरा करना है। जल्दी आओ।'' वे अपनी पत्नी के साथ अपने घर के पिछवाड़े में गए। उन्होंने एक बहुत बड़ा बक्सा निकाला और उसे ईंट-पत्थरों से भर दिया। उनकी पत्नी कुछ समझ नहीं पा रही थी।

तेनालीराम ने बाद में अपनी पत्नी से कहा, ''चलो अब इस बक्से को ले जाकर कुएं में गिरा देते हैं।'' यह सुनकर उनकी पत्नी ने पूछा, ''परंतु क्यों?'' तेनालीराम ने पत्नी के कान में फुसफुसाते हुए सारी घटना सुनाई। उनकी पत्नी स्तब्ध रह गईं, परंतु तेनालीराम खुश होकर बोले, ''यह एक उत्तम अवसर है अपने खेतों को पानी देने का।''

दोनों उस भारी बक्से को घसीटते हुए कुएं के पास लेकर आए और दोनों ने मिलकर उस भारी बक्से को कुएं के अंदर फेंक दिया। बक्सा जोर से गिरता हुआ कुएं के अंदर चला गया। उसके बाद तेनालीराम ने अपनी पत्नी से ऊंची आवाज में कहा, ''सुनती हो भाग्यवान! अब कोई भी चोर हमारी मूल्यवान चीजों की चोरी नहीं कर सकेगा। इस बक्से में सब कुछ है—सोना-चांदी, आभूषण तथा हीरे-जवाहरात आदि।''

पेड़ के पीछे छिपे चोरों ने तेनालीराम की सारी बातें सुन ली थीं। तेनालीराम और उनकी पत्नी जैसे ही घर के अंदर गए, थोड़ी देर बाद वे चोर वहां से निकलकर कुएं की तरफ़ आए। उन्होंने वहां पर एक बाल्टी तथा उससे बंधी एक रस्सी देखी। चोरों ने जल्दी से बारी-बारी से बाल्टी द्वारा कुएं का पानी निकाला और एक नाली में डालते गए जो कि धान के खेत तक जाती थी। सुबह होने तक उन चोरों को वह बड़ा बक्सा दिखा। उनमें से एक चोर ने कहा, ''मैं नीचे जाकर उस बक्से को रस्सी से बांधता हूं।'' फिर धीरे-धीरे सब चोरों ने मिलकर उस भारी बक्से को ऊपर खींचा। उन्होंने बिना विलंब किए ही उस बक्से के ताले को तोड़ा और उसका ढक्कन खोला, परंतु यह क्या! उस बक्से में तो सोने-चांदी के आभूषणों, सोने-चांदी के सिक्कों के बजाय केवल ईंट-पत्थर ही भरे हुए थे। उन चोरों ने यह देख अपने सिर पीट लिए। जैसे ही वे सारे चोर वहां से भागने के लिए खड़े हुए, उन्होंने देखा कि तेनालीराम अपने साथ सिपाहियों को लेकर खेत के किनारे खड़े हुए हैं। यह देख उन चोरों के होश उड़ गए। सिपाहियों ने उन चोरों को वहीं धर-दबोचा।

बाद में तेनालीराम अपनी पत्नी को लेकर खेतों की तरफ़ गए और कहा, ''कैसी रही मेरी तरकीब! चोरों की वजह से हमारे धान के खेत को पानी मिल गया और वह भी मुफ़्त में।'' उनकी पत्नी ने उनकी तरफ प्यार से देखते हुए कहा, ''आप सचमुच चतुर हैं। आपने तो एक तीर से दो शिकार कर डाले।'' फिर वे दोनों जोर-जोर से हंसने लगे।

शिक्षा : *इस कहानी से हमें यह शिक्षा मिलती है कि हम जिस कार्य को करें, वह इस प्रकार से करें कि कार्य पूरा भी हो जाए और साथ-ही-साथ हमारे लिए लाभदायक भी हो, यानी एक पंथ दो काज।*